Ludwig Weibel
Grazie des Allerhöchsten
Der Wille ganzer Geisterregionen

Books on Demand

Bibliographische Information der Deutschen Nationalbibliothek
Die Deutsche Nationalbibliothek verzeichnet diese
Publikation in der deutschen Nationalbibliographie,
detaillierte bibliographische Daten sind im Internet über
http://dnb.dnb.de abrufbar.

© 2015 Autor: Ludwig Weibel
Herstellung und Verlag:
BoD – Books on Demand, Norderstedt
ISBN 9783738614596

Ludwig Weibel

Grazie des Allerhöchsten

Inhalt

Der Ruf durch alle Geistesräume
5

Das Allbewusste auf der Menschengötterspur
23

Impulse des wahren Entfaltens
47

Ritterlich geadeltes Benehmen
71

Dein Umkreis und Dominium
97

Potential für deine Zukunft
125

Bewusste Ehrenhaftigkeit
151

1
Der Ruf durch alle Geistesräume

1.1

Der ist von göttlichem Geblüt, wer Meiner immerzu gedenkt als Sein vom Sein und Licht vom Licht in ihm. "Das Bin Ich doch, nicht wahr - und werde es auf ewig in dir bleiben".

Es gibt so viele Gründe für dich, Mir und keinem andern anzuhangen und dein Repertoire an zügigen Gedanken aus dem Meinen aufzufrischen, damit Lebendiges statt Abgedroschenes zum Vorschein und zum Zuge kommt in deinem Dich-an-ihm-Bewähren.

Geschärften Blicks, mit weisheitsvollen Zügen, gehst du aus den stressenden Ereignissen hervor, die Ich dir prüfend unterlege. Selbander sind wir hier in einem Milieu der Freundschaft und Synthese aller Fähigkeiten, um daraus den allergrössten Nutzen für uns selbst und für die Welt zu generieren. Was immer Ich dir freien Sinns zu tun erlaube, stimuliert den Gang des weltlichen Gescheh'ns und träufelt Sagenhaftes in die Zeiten. Ausgezeichnet soll, was immer du dir leistest, auf die staunenden Gemüter wirken, die dich lebelang und liebevoll begleiten.

Erlebe, dass du Meines Lebens Herold, Triumphator, Spitzenreiter und Vollbringer bist und schau darin die strahlende Erfüllung und Vollendung deines Wesens als in Mir und Meinem zauberkräftig aufgeladenen Allhier.

1.2

Was gekonnt ist, kann nur von Mir kommen, denn Ich Bin ein Ahne der vollkommenen Behutsamkeit im Recherchieren und Agieren, Fantasieren und dem Wesen einer Sache gründlich nachzuspüren.

Kalamitäten sind bei Mir nicht vorgesehen, weil sich Mein Spürsinn für das Rechte immer als perfekt und ausgewogen, bravourös und akzeptiert erweist im Kreise Meiner Bürgen.

Willst du einer von den Meinen werden, geh behutsam und gekonnt in dich, um Meiner Zauberkraft zuvorzukommen, die sich nur allzugerne wohlgefällig in die Würdigen vertieft. Was du Bist, erkennst du am Verhalten der geschätzten oder kritisierten Wesen deinem gegenüber, denn niemand kann des Lebenslaufs Bedürfnis und Ranküne ohne Reaktionen der Umgebung regelrecht bestehn. Trittst du herrisch und despotisch auf, verscherzest du die Achtung, die dir allenfalls gebühren würde. Gehst du zimperlich zu Werke, wirst du übers Ohr gehauen und deswegen braucht es höherer Hilfe Manifest, um unbeschadet durchzukommen zwischen den blauäugig oder kantigen Gestalten.

Von Meiner Warte aus gesehn versündigen sich allzu viele noch am Leben, weil sie darin Mich und Meine Herrlichkeit nicht schauen mögen. Sie alle sind Verwandte und Verwundete von Meines Seins Begriff und Beutezug, Begütung und gewaltigem Agieren. Wird Meine Kraft, Kadenz und Generosität erspürt, kann es darin fidel und zügig vorwärts gehn.

Es blüht und duftet, was da *ist*, vor deiner Seelenaugen Schöne. Ins Licht der galoppierenden Wahrhaftigkeit bist du getaucht und reüssierst in Meinem Sinn und Herzensfrieden. Als neuer Stern an Meinem Liebeshimmel gehst du auf und strahlst begeistert und beglückt Unsterblichkeit, Holdseligkeit, Vertrauen und Bewusstheit wieder.

1.3
Unmöglich, Mich in dir zu übersehn, derweil du unentwegt von Mir gepflegt wirst in den Menschen-

tagen, die dir gar vieles bringen, doch das Wesentliche nimmermehr.

Wenn du mit Mir verhandelst, erhandelst du dir sagenhaft beglückende und leistungsfähige Bedingungen, ob denen die Geschäftsgewaltigen vor Neid erblassen könnten. Das Geheimnis liegt darin, dass Ich aus absoluter Fülle und Prosperität heraus im Gottesreiche operiere. Du kommst - und gehst in Wonne wieder, eingebettet in ein güte-strahlendes Bewusstsein von den Qualitäten dieser Welt wie jener, die die Menschenaugen noch nicht sehn. Ich aber sage dir: Wenn du's geschafft hast, Meine Herrlichkeit zu schauen, wirst du niemals an dir selbst verzagen. Ausgezeichnetes wird dir von Mir geschehn und deine Welt wird von notabler Seinsgerechtigkeit und überirdischer Bedeutsamkeit erstrahlen.

So erfüllt sich, was Ich füllen wollte und so steigert sich das Menschliche zum Liebesgöttlichen hinan, das schon die Väter aufs Entschiedenste gepriesen haben. Von hinnen wirst du gehn und bleibst doch das Urewige, das Ich dir Bin und das du Bist in Lauterkeit, Glückseligkeit und Ebenbürtigkeit mit Meines Seins all-überströmendem und silbersüssem Selbstgenügen.

1.4

"Nicht stören", an der Kante deines Schemels, heisst: Du bist in tiefe Andacht vor dem Herrn versunken. Was aber ist der Herr, wenn nicht dein Eigensein in seiner Gottwelt, Grösse und erhabenen Mixtur. Dein In-die-Welt-geboren-Werden ist das Schauspiel Meiner Art und Weise, Mich zu präsentieren und aus dem lichten Dunkel kühn hervorzutreten, als das Wesen Meiner selbst, verzaubert in die menschliche Natur. Du weisst es nicht und weisst es doch in deiner innersten Staffage, dass du Bist Mein Wesens Wirkkraft, Gratitudine und Manifest der allerersten Region. Es gibt nichts zwischen dir und Mir, was nicht zuinnerst koscher wäre, denn die Reinheit der Substanz spricht Bände für sich selbst und spricht das Sein in aller Welten Glut und Gliedern.

Nimmt das Planetenrund allmählich Dorfcharakter an, so ist das ein beredtes Zeichen dafür, dass im Wesensgrund der Menschen jene Fülle einer Gottheit lebt, die in sich selber eins und einig ist in Wohlbewahrtheit und entzückendem Sich-selbst-Erfahren.

Eigentlich brauchst du gar nichts zu wissen als dies Eine, dass du Bist, in voller Folgerichtigkeit und folgenschwerer Souveränität in deines Hierseins Geist und Kapriole, Kurfürstentum und munterem Betonen deiner kleinen Macht in Meiner grossen.

Du nimmst aufs Korn, was dir im Grunde nicht gehört und bist dir selber hörig in dem leidenschaftlichen Versuch, dein Eigenes zu sein, bevor du weisst, dass du in allem als Mein Ich zu gelten hast im Wunderbaren. Streu dir eine Prise Asche auf das Haupt und bekenne deinen Unverstand am Wahren, Gloriosen, das da *ist* und seinen Nimbus ungeniert im All verbreitet, geistreich, zart und bitter, glühend, generös, gefühlsbetont und makellos in meisterlichem Delegieren.

1.5
Auf Gottesfahrt vermagst du alles, was du willst, im Spielen zu erreichen. Das ist, weil Ich bei dir Bin, ganz besonders in den anspruchsvollsten Situationen, die da sind: Zweifel an dir selbst, Lebensnot und Körperpein. Da reich Ich dir in engellichter Huld den Kelch der Wahrheit über deines Weltseins

Wetterwendigkeit und Maskerade. Das ändert deinen Sinn und führt dich zur Erkenntnis deiner Gottgeschliffenheit im Wunder seinsbeschwingter Tage.

Das sei von nun an deines Fühlens hoch erhabener Respekt vor dem Urewigen, das sich in deiner Innigkeit vollzieht. Du bildest dich zu dem, was *Ich* in dir erbilde, und äufnest Weisheit Meiner Art im Seinsgewissen. Holdselige Gespinste hüllen dich in Weiten ein von unermesslichem Beschriebe. Dargestellt im Nichts Bist du Mir alles, was da sein kann in der Poesie und Wohlbekömmlichkeit der Sphären. Garant für Sinnkraft und Synthese Bin Ich dir; weiden darfst du dich an deiner eignen Schöne, wie an Meiner, die sich ins unendlich heitere Elysium erhebt.

1.6
Macht aller Mächte, puren Geisteslichtes Energie und aller Welt Gewalten Bin Ich in begeisterndem Erstrahlen. *Meiner* Hände Werk ist alles, was da *ist* und *Meines* Mich-Verstrahlens Euphorie im Licht der Universenweiten. Dramaturgie des Seinsgefühls, in dem Ich hellwach, unerschöpflich, sakrosankt, gewissenhaft und genial agiere. Ständig Mehr-Wert Meiner selbst gebärend, trete Ich in leidenschaftlicher Bewusstheit vor Mich selber hin und präsentiere Meines Seins Geschicktheit, Zauberkraft, Verbindlichkeit und seelenvolle Phantasie.

Nur *eines* ist in allen Daseins Gegensätzlichkeit, Tribut und Potentialen Mir geläufig und der göttlichen Besonnenheit anheimgegeben. Meines Reiches Reichtum generiert Entzücken in bewusster Allegrie, wo immer Ich Mich finde und empfinde in den Weiten Meiner Lichtkraft und Errungenschaften, Meines Liebeseins, wie Meiner güteströmenden Äonen.

Zur Gewissheit werden soll dir Meiner strahlenden Allgegenwart Panier, in allen Disziplinen deines Wirkens als von Meiner Seite ausgegeben und geführt, um allen Seins Vollendung und Geviert in dir zu finden. Machbar ist Mir alles, doch der Hain erspriessender Gedanken, dich betreffend, ist besonders grandios und reicht vom Alpha bis zur Arabeske Meiner selbst im Alles-Übertönen.

Was Ich Bin, ist dir in blankem Überzeugen in die hohle Hand gegeben und ermächtigt dich zum freiesten Verfügen, unbedingt dir selbst gehorsam und Mir loyal. Glückselig, wer zu solch brillantem und bewundernswürdigem Erkennen vorgestossen! Ausgezeichnet, wer in steter Seinsverklärung sich bewegt! Sein Wandel überstreift den Himmel des Gerechtseins an den Götterdingen, die da *sind* und die sich freien Sinns und Sinnens an die Wesenwelt verteilen.

Wisse, dass du Bist, und halte hoch das Banner der Unendlichkeit in deinen Zügen, brenne und verbrenne lichterloh, begeistert und beseelt, beglückt und geistvoll unentwegt dem reinen Sein entgegen.

1.7

Ein Pilgrim der Gerechtigkeit am Leben sollst du sein, verwandelnd, was du dir erwanderst, in ein Feld von blühenden Lianen. Was vordem vor dir brach und wüst darniederlag, ist hinter deinen Schritten eine Landschaft von bewundernswertem Liebreiz und Gelingen, die von aller Welt besungen und verehrt wird. Trachtest du nach Frieden in des Herzens hoffendem Verlies, kann Ich in dir vermitteln durch die Gnade Meiner Freundlichkeit und Loyalität den strebenden Gemütern gegenüber.

Sanctus, sanctus, sanctus, hier ist der Boden siebenfach geheiligt durch Mein Wort und durch Mein Hierseins feierliche Geistparade. Nichts vernimmt dein lauschend Ohr, doch deine Seele ist berührt vom Märchenzauber Meines Hierseins wie vom Duft der schwebenden Holdseligkeit, den Ich bewusst um Mich verbreite. Das ist nun hier und wahr und wirksam zweifellos und facht die Freude an am Sein und Sinnen, Seligsein und Neubeginnen in der Wohlgeborgenheit der göttlichen Allüre, die da *ist* und Sanftmut zeugt und Seligkeit, Bewusstheit und Bewunderung. Der Reiz der Stunde ist dir offenbar, wenn du vermagst zu lauschen, und die Stunde der Erlösung ins Unendliche klingt dir von weiter Ferne in die wundersam ereignisvolle Näh'.

1.8
Danke, Dank für deines Frommseins Förmlichkeit und Liebe-Tun. Ich stehe nicht auf kratzebürstiges Benehmen, aber auf den Anstand, der aus vollem Herzen fliesst und den Verklärten eigen ist in ihrer Würde am erspriesslichen Geschehn.
    Hast du gesehn, wie blütenzart, glaubwürdig, edel und geschickt die von Mir Gesegneten beständig vorgehn, um des Adelstitels willen, den sie sich partout erringen wollen? Das ist nun gut so, währenddem *Mein* Angebinde Hellsicht ist auf alle Szenen, die da *sind* und Meiner Hilfe und Behutsamkeit bedürfen.
    Zum Wohl der Welt ist alles angelegt, was Ich mit Akribie und Leidenschaft betreibe. Nichts ist ausgelassen, nichts verfehlt, was Meinem Genius gemäss entstehen und vergehen soll im Überall von Gottes Gnaden. Deine Angelegenheiten sind so gut, wie Meine, einer einzigen Idee entsprungen

und erfüllen sich in ihr so sanft und sicher, glorios und ausgewogen, wie des Sternenhimmels Pracht, gespiegelt im Geviert der hingeriss'nen Seele, ruhevoll und heiter, hell und wunderbar.

1.9
Glaubhaft singen kann nur einer, der vom Singen was versteht, will Ich hier sagen, um zu betonen, dass in allen Disziplinen wahre Kunst nur durch profunde Kenntnis der Materie entsteht. Wer aber kennt sich selbst bis in die letzten Tiefen besser als der, der Ich Bin, im Sang und Klang der Welten, in der Bruderschaft der Sterne, wie im innigen Verhältnis, das die Schöpfergeister miteinander pflegen. Demnach kannst du nur durch Mich ein wahrhaft weiser, gütiger und vielgewandter Patron und Prophet, Magnat und herzensguter Vater werden in der Generationenreihe, die Ich dir verpasse, um dir göttliche Gewandtheit, Muster-gültigkeit und Adel des Gewissens beizubringen.

Währschaft heisst Gewähr für ausserordentliches Bieten. Kannst du das? Oder muss man dich mit deinem Näschen erst auf alles stossen, was Bestand und Dauer, Dichte, Poesie und Leuchtkraft haben soll im Wunder deines Hierseins, wie im Seinsgehalt, den Ich dir mitgegeben. So ist, was wahrhaft zählt, ein unmessbar geheimnisvolles Fluidum von Kraft, Gedankenträchtigkeit, Genie und Schöpferwillen, das Ich in dir Bin, um dich voranzubringen und um dich schlussendlich in den Port der seligen Wahrhaftigkeit und Tugend, ewigen Jugend und Beschaulichkeit zu führen.

1.10
Mein Brauchtum richtet sich gewandt und siegessicher nach den heiligen Sternen. Leistungs-stark und gravitätisch operiere Ich im All des Selbst-Erscheinens und gewähre hemmungslosen Freilauf, wo die Spuren kerngesund und richtig liegen. Jedes Aberrieren aber wird aufs Konse-quenteste und Schärfste korrigiert zum exquisiten Wohl des Ganzen, das Ich in weise wissender Voraussicht in unendlichem Bewegtsein halte.

Wisse, dass du Zelle und zugleich allherrliches Kaliber bist im Geistraum Meiner götterlichten Kür. Es gibt nichts Majestätischeres als dies Hin- und Wiederfluten Meiner Kompetenz, Charakteristik, Ebenbürtigkeit und Einigkeit mit allem, was da *ist*, voll gotteswürdiger Bewusstheit und Erhabenheit, verbriefter Zartheit, Heiterkeit und Lebenslustigkeit in wunderbar gediegenem und seinsgerechtem Stil.

1.11
Wie fühl Ich mich? Als ob in Mir die Engel auf und nieder schwebten. Mir ist so warm und licht ums Herz wie nie zuvor, und leis vertönt sich Mir der himmlische Gesang der Sphären.

Wie kann es da noch bess're Werte geben, als die allerwertesten und liebenswürdigsten, die *Ich* in Mir vertrete, indem Ich ihres Daseins Puls und vielumworb'ner Patron Bin im Tiefsinn eigenständiger Gnaden. Meiner Geisteskräfte Richtwert und Regal bewährt sich aufs Entschiedenste in allen Resultaten Meines Seins und Sinnens, im Allumfassenden wie im zutiefst vereinzelten, mikroben Exemplar. Dabei gilt es für Mich, ständig auf dem Damm zu bleiben wunderbarer Exklusivität in allen Disziplinen und Erfordernissen Meines Mich-Erfindens, im zeitlichen wie auch im ewig glänzenden Betrieb.

In allem ist allein von Mir die Rede, wenn es darum geht, herauszufinden, wer da *ist* und sich verbreitet und erlöst, wer sich verwertet und dem Minnesang den Boden spendet für sein liebelächelndes Begreifen. Damit ist die Wahrheit an den Tag gekommen, strahlen sich die Geister Meiner Zucht und Kunst begeistert zu und verneigen sich vor dem, was sie sich *sind* und sich in Ehrfurcht und tiefinniger Beglückung teilen. Es herrscht die Wohlgestimmtheit seelenvoller Freude am Verweilen in elysischer Verklärtheit und Vernunft im Zeitenlosen. Auch deine Sendung ist damit gegeben, dass du in *Meinem* Sinn und Geist dieselben Schritte unternimmst, um zu demselben reinen, reichen und ereignisvollen Ende zu gelangen. Dein Halleluja ist weiterum zu hören und deine Seinserrungenschaft bestätigt, was du Bist und was da alle *sind* im göttertraulichen und geisterfüllten Sternenleben.

1.12
Himmelsgnade und Behutsamkeit Elysiens sind Mir seit eh und je in Fülle eigen und geniessen die entscheidende Priorität, sich aus sich selber zu erklären. Unangefochten Bin Ich Mir das Wesen reiner Selbstgefälligkeit und erziehe Mich gewandt und wunderwirkend, generationenträchtig und gewieft zu mehr und mehr.

Voraussicht, wie entschiedenes Verhüten von Blamagen, sind Mein unbestreitbar bestbewährtes Metier, das Mich in Zeit und Ewigkeit zum König Meiner selbst, wie zum Gesandten der Allherrlichkeit und Nächstenliebe stilisiert. Da seh' Ich Mich so recht im Elemente, wo Ich im anderen Mich selber wiederfinde und Mir Gefälligkeiten noch und noch erweise von erwiesner Menschenwürde, aus erlesnem Sinngehalt und sagenhafter Qualität.

Ich brauche nicht nach mehr zu langen, weil Ich alles schon erlangt und aufgebrochen habe, was Mir zusteht in der Ewigkeiten Seinssalut und Überragen. Wahre Weisheit kann man nennen, was Mich so bewegt in Myriaden Fällen, wo Klugheit und Entschiedenheit gefordert sind und sanftes Aneinanderfügen von bedeutenden Errungenschaften Meiner Gotteswahl.

Nicht Abstand, sondern Innigkeit soll herrschen zwischen dir und Mir in jedem Fall von lauterem Begegnen. Denn es ist gedacht und ausgesprochen, dass dieselben Werte und Manierlich-keiten, Sinngehalte und Solutionen uns beseelen. Melde dich bei Mir, und damit bei dir selber, als ein Ausbund der Gerechtigkeit, Subtilität und Seligkeit am Leben und Gewinnen neuer Einsicht in das Weltenheer. Liebend gern will Ich Mich von dir unterweisen lassen und gewähre dir das Recht, gehörig auf die Pauke und den Puls zu schlagen, wenn es darum geht, dein überaus Gelungenes vor Mein erhab'nes Antlitz und subtiles Selbstgefühl zu tragen. Da Bin Ich dir bis in die letzte Fiber wohlgesinnt und ausgewogen in dem Urteil, das Ich über dir und deinem Haus zu fällen habe. Ewiger Merkpunkt für dein Schaffen sei, dich unter Mich und damit unter deinen eigenen Ehrgeiz einzuordnen, damit bei allem schallenden Erfolg kein Überborden und fatales Missgeschick entstehe. Tue Recht! ist eine simple, gängige Parole, um dich frohgemut, erfolgreich und galant auf Trab zu halten. Begleitet wirst du von der Heiterkeit und Wonne der Gerechten, eingehüllt und ausgefüllt vom Numinosen, das Ich Bin im lichterstrahlenden Allhier.

1.13

Sankt Benedikt und Partner lassen alle herzlich grüssen von des Himmels Wucht, Wahrhaftigkeit und Gnaden. Sie rechnen damit, dass du kommst und dich in ihren Rängen, breit und bieder, etablierst im Handumdrehn. Nun, wisse, dass du in der Tat ein Objekt bist der gottseligen Verschiedenheit und Einigkeit zugleich im Zug der Menschengotteswürde, die dir eigen. Sie sind dir vergeben aus dem Schosse der Alleinigkeit und sind doch wandelbar im Mass der Vielfalt deines Strebens. Du nimmst und gibst zurück und wandelst das, was dir von Mir gegeben. Verwandle es ins Glück der Sterne, sag Ich dir und sei dir Meiner liebevollen Hilfe stets bewusst, besonders in den unvermeidlich dargebotnen Jammertagen. Ungezählt sind die Gelegenheiten, wahr und wirksam, hochbegabt und und Meiner wert zu sein, bis du als ein Verklärter der Gottseligkeit voll Wonne in elysischer Bewusstheit deiner Wege gehst, von *Meinem* zärtlich und gekonnt umschlossen.

Das ist nun das Fazit Meines Überlegens, deinem juvenilen zu, damit du einsiehst, was dir schlicht, schlagfertig und charmant bevorsteht in den Sphären Meiner götterseligen Ruh und Rüstigkeit, Stabilität, Gewiegtheit und unendlichen Begeisterung am Wunderbaren.

1.14

Bewusstes An-mir-Handeln ist Mein oberstes Gebot auf Grund des in Allweiten zirkulierenden Gedankenheers. Gesprächig ist es schon, doch lässt es sich doch recht verschieden an, akkurat für deine Angelegenheiten. Offen steht dein inniges Gewissen Meinem gegenüber, dass Ich es berühre und bewege und besänftige und seinem Feuer neues zugeselle, um den Weltenzirkus überlegt und zielbewusst voranzutreiben.

So vermischen sich die Dinge deiner wie auch Meiner Wahl zu einem Ganzen von bewundernswerter All-Erhabenheit, die seinslebendig in des Gottes strahlendem Bewusstsein steht. Was *Ich* Mir denke, denkst du mit. Was Ich mit innigstem Gefühl versehe, darfst du ebenso erfühlen in der Einheit und herzinnigen Geschwisterschaft und Trautheit, die uns eigen. Bist du, bist du auch Mein schöpferwilliger Gespan, an dem Ich Meinen Seingewinst und Meine Herzensfreude habe.

Es ist so breit wie lang, was immerzu geschieht; dessen Fliessen und Strömen ist in *Meinem* Sinn und Sein begründet und darf sich darin wohlbewahrt und sicher fühlen. Atme du dies herzensgute Phänomen in vollen Zügen ein und aus im Weltgefüge und besinne dich darauf, dass auch in ihm ein alternierender Äonenatem liegt von weltenschaffendem Bedeuten.

Das ist nun bezaubernd licht und schön und soll dich sanft und sinnig, liebevoll und innig, mächtig und aufs Kräftigste gewollt zu Mir erheben.

1.15
Schweigen ist wie einer Goldader folgen, von Konsequenz zu Konsequenz, im Schmieden neuer Pläne, kraftvoll, würdig und gediegen. Was hat es nun auf sich, dahin zu gehn, wo Neues, Niegewesenes entsteht und wo der Urgrund allen Seins sich gütestrahlend findet, dem Prophetenwort gemäss. Du fühlst dich dort auf Anhieb wundervoll gesegnet und geborgen, hingebettet in ein Refektorium des Seelenfriedens, des herzinnigen Gestilltseins und der Geistesruh. Es macht dich heiter und gelassen, dass du Bist, nichts weiter, und dein

Wesen sich als Emanation der Götterlichtheit schauen darf im Unergründlichen. Genau das aber ist das Höchste und Begehrenswerteste der Ziele deines Lebens, die da *sind* und deine Fantasie und Fertigkeit ins Unermessne treiben.

1.16
Denksportblüten gibt es bei Mir keine, weil Ich *weiss* und alles, was Ich will, unmittelbar zu Meinem Seinsgewissen füge. Es trifft sich gut, dass Meine Liste der Begriffe deine haushoch übersteigt, wo dir noch aberviel zu lernen übrig bleibt, trotz deinen preisgekrönten Wunderwerken und Hallos.

Mach dir einen Spass daraus, konsequenterweis und wohlgewappnet Meine Stelle anzutreten, mitten in der Welt der Besserwisser, Schaumschläger und Proleten. Deines Heils Befinden ist direkt an Meins gekoppelt im Unendlichen, wo deine Einsicht bis zu Mir hinüberreicht im unablässigen Bemühen.

Lass dich nicht vom Offensichtlichen verführen, sondern lausche intensiv auf Zeichen Meiner Huld und Grazie dir gegenüber, die dich am Gängelband der Zeit durchs fabulöse Leben führen. Kaum gesagt, ist Meine Diktion auf Nimmerwiedersehn verschwunden und du stehst nur allzu bald im Trockenen mit deinem bisschen Weisheit und verwirrendem Gerede. Mache dir ein Fest daraus, in jedem Fall, das Deine abzustreifen und das von Mir propagierte feierlich und fügsam anzuziehn. Das wird mein Freudesein, wie deins, erheblich stimulieren und dich voll Verve und Überzeugung, Andacht, Würde und Gewinn in Meine wohlgeformten und gesegneten, verbindlichen und auserlesnen Stapfen treten lassen.

1.17
Verstehst du, was zu tun? Ich dirigiere dich in allem Ernst in Meine Näh' der Tausend sinngerechten Seinsmanifestationen Meiner Art im Dunkel der Geschichte, wie im Hellraum Meiner geistig hochprozentigen Allüren. Komm, o komm, Mein Sorgenpeter, sag Ich dir und gehabe dich wie einer, der da Frühlingsluft und Freiheitsduft geatmet hat in vollen, runden Zügen. Es steht dir trefflich an, ein reüssierender Garant wahrhaftiger Geschicklichkeit zu sein im Leben wie im Tode.

7.18
Mir ist bewusst, dass Wachen und Schlafen, Leben und Tod im Grund genau dasselbe sind. Nur erscheinen sie in anderen Dimensionen. Der Taglauf ist ein Rhythmus und der Lebenslauf ein anderer, von Mir bewirkter und getragener, voran, hinauf, hinunter, glatt und kraus, im Saus und Braus, komplex und simpel, aufgeschäumt und graziös, doch immer dem Glückseligsein entgegen.

1.19
Wohlan, es scheiden sich die Geister an der Ansicht über das Allweltliche, das bis in Meiner Himmelrosen Hain, Redoute, Licht und Grazie reicht im Wunderbaren. Es geschieht, dass sich die einen damit brüsten, einen ausgesprochnen Sinn fürs Wirkliche mit sich herumzutragen, indem sie packend schildern: Was man packen kann, ist richtig und real - und was gedankenschnell verfliesst, ist nur ein Schemen ohne Anspruch auf Beachtung und Relieve. Ich aber zeig dir auf, was Ich aus eigenem Erleben weiss und mache Mir kein Hehl daraus, es rundherum hinauszusagen,

nämlich: Alles, was Ich *wirklich* Bin, ist geistiger Natur und kann nicht angefasst und ausgehoben, regaliert und rationiert, gepfeffert und gewässert werden.

Lauteren Gemüts besinge Ich Mein Wesen als das überirdisch Etablierte und Vermessene "Ich Bin", dem alles zugeordnet und gefällig ist im Weltenrund und Sternengarten. Es ist des Seins respektgebietende und unerhört geschmeidige, brisante und markante Attitüde, die, ganz sich selbst gehörig, allem innewohnt, was *ist*, und ohne jede fremde und verwirrende, blamable und riskante Stukatur.

Was kann dich freier hinterlassen, als das Wissen um dies unermessliche Geheimnis deiner selbst, das in die höchsten Höh'n, wie in die rabenschwarz gefärbten Tiefen reicht, die *sind* und sich in Meiner Allgewalt die Hände reichen?

Weder Abdrift, Alterung noch Schwächung sind Mir eigen, durch den Sog und Druck, die Peinlichkeit und Wirkkraft der Jahrtausende gesehn. Mein Name ist: Gewinn an Güte, Zauberkraft und Eleganz in jedem Meiner hängigen und gängigen Verfahren. Meine Stimme tönt aus Legionen Kehlen und Mein Wirkkreis ist des Alls beglückend und begeisternd Dispensarium. Halte dich auf freier, froher Fahrt, indem du Meiner dich versicherst und dich als Gesandter Meines Delegierens fähig fühlst, der Welt in geistiger Potenz und Raffinesse, Direktive und Bewusstheit zu gehören. Lächelnd trittst du bei Mir an - und freudestrahlend gehst du wieder, liebevoll und traulich, ausgezeichnet und voll Grazie dem Sein verschrieben.

2

Das Allbewusste auf der Menschengötterspur

2.1

Freude und Begeisterung am Leben tragen Mich galant, gebieterisch voll Spürsinn und Vernunft voran. Das Fest der Wonne am dezenten Schicksal darf Ich feiern, die Liebe zum Geschaffenen bestehn und Meinerseits, wie deinerseits im Dasein schwelgen, freudvoll in der Ich-Natur. Komme, was da will, Ich weise Mich als einer aus, der weiss, sich im Unendlichen gebührend zu benehmen und im innigen Erwarten genau das zu erleben, was Mir frommt und was die Türen offenhält zu einer Schau von überwältigenden Meistergraden.

Das Zeitenlose ist Mir eingeflösst, genauso wie das All-Bewusste auf der vielgerühmten Menschengötterspur, die Ich voll Verve und Feinge-fühl, Poetik und verspielter Liebenswürdigkeit vertrete. Ich werd' Mich selber nimmer los im ewig klaren Seinserleben und behaupte Mich als ein Gestählter in der Disziplin der Wanderer auf sakrosankten Höhenpfaden, wie der Helden an der Front der Mustergültigen in Sachen wahrer Wirklichkeit, *ob* all dem bunten Erdenwahn.

Mein Ich ist in die Einheit aller Iche eingegangen, die da *sind* und sich in der Vereinzelung wie Könige und ausgewies'ne Potentanten eingesetzt und sicher wähnen. Sie sind nicht, was sie vor sich scheinen, derweil sie sich der Werte ihres Daseins so bedienen, als ob sie allesamt ihr wohlerworbener Besitz und ihre siebenfache Stärke wären. Dabei ist alles, was sie sich bedeuten, von Mir ausgeheckt und ausgeliehen, als der Urgrund ihres grandiosen Operierens. In Tat und Wahrheit Bin Ich es, der die Weltenoper spielt, und alle Meine Seinsgebiete haben sich dem Duktus der Wahrhaftigkeit und Zartheit Meiner gottbegnadeten Impulse radikal zu unterziehn.

Alles Selbsterklügelte geht *Meinem* Manifest ergebnislos verloren. Nur das Einige und In-Mich-Eingebürgerte besteht und kann sich weiter ins Unendliche hinein befeuern und beformen. Was Reform hat, ist an Meiner Brust gelegen, was ins Unermessne weitergeht, ist Lichterstrahl von Meinem Strahlen.

Das ist nun ein Quentchen der Geschichte Meines Seins und Sinnens, bedächtig, delikat, manierlich und beschaulich vor Mich hin, derweil die Düfte Meiner Rosengärten sich in weiten Runden höhwärts ziehn. Ich offeriere alle Schätze, die Ich in Mir trage, an die Wesenswelt der Hoffnungsvollen und Versierten in der Kunst zu sein und sich im ewig friedevollen und gelassenen Glückseligsein zu üben.

2.2
Willig, zart und züchtig sollst du sein, um Meiner Botschaft Perlenschnur, Gebrauchswert und Standarte zu empfangen. Durch sie soll dir der Reiz der Welt verblassen, und vor deinem innern Auge soll die Geistessonne der Allherrlichkeit erblühn. Lahmheit wird sie in Behendigkeit verwandeln, Lauheit in die glühende Begeisterung am Sein und am Erleben deiner Gottestage. In Mir bist du dir selber das Gefällige an sich, bist Meines Seins-gebräus Sensorium und Meiner Götterspeise Archivar. Von Meinem Licht gesegnet stehst du da wie einer, der sich kennt und weiss, was er im Dasein zu vollbringen hat in Meinem Auftrag und Befehl. Es kreuzen sich die Wege punktgenau am Ort des geistigen Durchflutens deiner Lebens-kräftigkeit mit Meiner unversieglichen und generösen, unbändigen und seriösen im Allhier.

Gezweit bist du an Meinem Stocke, um sogleich als Wunderrose aufzugehn, geführt durch manche Fährnis, dass nichts Übles dir geschieht und deine Füsse trocken bleiben in den sausenden Gewittern deines Zeitgefühls. Niemals Mangel sollst du leiden unter Meiner wohlgesitteten Regie, derweil Ich deines Seelenbildes Pracht bewusst und liebevoll im Herzen mit Mir trage. Gehst du stilgerecht, marschtüchtig und galant an Mir vorüber, kannst du Meines Segens sicher sein im Zuge der Verwandlungen, die dir mitten auf den Weg gegeben und von Mir geschenkt sind in bewusster Strategie.

Du tust gut daran, dein Leben als das Meine zu betrachten und in deinem Wirken Meines wohlgemut, vorbildlich und solvent vor dir zu sehn. Was braucht es mehr, als fein säuberlich in dieser Attitüde fortzufahren, um schlussendlich als Verklärter, Wissender, Beglückter und Sanierter in die gloriose Seinsgeschichte einzugehn.

2.3

Eine Skizze Meiner selbst soll dich von Mir im Umschwung deiner Geistigkeit erreichen. Massgeschneidert, effizient und griffig soll sie sein, um das Verständnis deinerseits zu garantieren. Als eine milde Gabe sickert, was Ich dir gewähre, in dein schauendes Gewissen und verrät dir Meine Absicht, was du Bist, beständig zu erhöhen, bis zur Einsicht in Mein Reich der hunderttausend Gottesgnaden.

Ich ziehe dich abseits vom grossen Strom und flüstre dir Gedanken der Holdseligkeit und Gottesminne zu, die dich von Meinem Wohlgefühl dir gegenüber überzeugen sollen. Nur das Aller-beste, Allerlieblichste und Förderlichste ist für deines Wesens Eigenart und Fülle gut genug, und die sind von Mir ausgegeben und zur Trefflichkeit geführt. Es erwartet dich des Seins erhabene Tinktur, die dich zu dem verwandelt, was du Bist und immer warst, unter Meinem Sturm und Drang, Meiner Generosität, wie Meinem liebevollen Flötenton, voll Grazie des Allerhöchsten.

2.4
Viele Eisen im Feuer sind Meines Gepräges Gewinn. Ich lenke und leiste, verschenke und kapituliere nie, weil Ich in die Reiche des Herrn weder Feinde noch Unsitten trage. Der Forstwart sorgt sich um die Bäume seiner Wälder. Ich aber habe nur Mich selber zu besorgen, weil Ich allem alles Bin in Mir. Das ist triftig, richtig, radikal und sternenschön. Sage dir: Ich Bin in Ihm der Meister aller Meisterlichen und verrichte Meinen Part als Sänger des unendlichen Gefüges, glorios, beständig, wetterfest und siegreich vor Mich hin.

Hast du eine Ahnung, wem Ich zugeordnet bin? Natürlich nur Mir selbst im strahlensüchtigen Getriebe. Hast du in Meiner Suppe nur ein Härchen noch gefunden, driftet es gewiss dem Rande zu, wo Ich's mit sicherm Griff auf Nimmerwiedersehn verschwinden lasse, rein erhaltend, was gesegnet ist, und köstlich, was Mir munden muss im Hoch-gericht ereignisvoller Tage.

Statt Blumen über Meine Felder hin zu streuen, lasse Ich sie wie von selber wachsen, zierlich, zuversichtlich, meisterlich in eigener Regie. Was du von ihnen siehst, ist Meines Kleides Farfelu und Flitter, Trugschluss und Chimäre. Mich selber aber wirst du nie ins Auge fassen können.

Wo es windet, tret' Ich schnittig auf, wo Stille herrscht, lass Ich Mich graziös und wohlgesittet nieder, um den Augenblick der Musse innig zu geniessen. Klarheit herrscht, wo Ich Verklärung generiere, Auserlesenheit, wo Meiner Schritte Spur gekonnt vorüberging.

Damit endet, was ein schicklich Ende haben soll, und ist doch dem Unendlichen geweiht in Meinen vielgewandten, selig hingebreiteten, glutvollen Geistesgründen.

2.5
Kaltblütig, reserviert und knapp Bin Ich den Schwärmern gegenüber, die nichts anderes von sich zu geben wissen, als schöngeistiges Gerede über das, was einmal war. Das führt nicht weiter, sage Ich und findet keinen Anschluss an die grossen geistigen Gesetze, die von Mir ein Zeichen sind und die voll Trefflichkeit in alle Menschenwelten fahren. Viel zu einfach halten's die redseligen Gemüter, wenn sie über alles weidlich diskutieren, statt spontan zu handeln und ein edles Werk zur strahlenden Verwirklichung zu führen.

Ich aber fasse alles, was da *ist*, unbändig seinsbegeistert, tunlich und entschieden geistreich an. Schaffst du's, mit Mir mitzuziehn, kann *Ich* dich ins Erleben reinen Seins erlösen; lösest du das Rätsel deiner selbst, wallt Seligkeit in deine Wunden und der Reichtum reiner Wonne rührt dich an, um dich in Minne und Gottseligkeit zu wiegen.

2.6
Die Destination: Das Sein, für alle, die da *sind* und sinngemäss auch seiend bleiben. Hast du Lust, Mein Wort zu hören, wird dir diese bald vergehn, wenn es dich entzündet und die Gottesflamme dich verbrennt, verwandelt und dich aus der Asche steigen lässt ins Unermessliche der Geistessphä-

ren. Dort Bist du, was Ich Bin, und Ich beteure dir, es ist des Allseins wundertätige Gebärde, des Glückseligseins Profil und der Gottesliebe Gluten.

Wenn etwas Stil hat, ist es dies Bewusstsein der Allherrlichkeit, die Mich beseelt, des freien Über-Mich-Verfügens, wie der Gestilltheit des Gemüts im Wunderbaren. Hast du dieser Wohlfahrt Station, Serenität, Gewissheit, Mustergültigkeit und Rarität errungen, willst du gewiss nichts anderes mehr.

Die Trennung der Geschlechter und Gewalten, Lustbarkeiten und Gelegenheiten, besser oder dürftiger zu sein, ist tunlichst aufgehoben, weil Ich in der Einheit göttlichen Befindens alles Bin, was *ist* und was die Gottesgeister treiben.

Was Mich betrifft, so halte Ich sie noch so gern am losen Zügel, allsolange, wie sie sich korrekt und kollegial verhalten, konsequent und musterhaft, so dass Lob und Freude herrschen in den Sphären Meiner Gunst und Güte, locker und legal; das nenn' Ich wacker und fidel, glaubwürdig und verlässlich, wenn Ich von den Meinen was erzähle. Lebenskunst ist immer auch mit wahrer Freundlichkeit, mit Wohlgesinntheit und Gutmütig-keit verbunden, die Ich in ewiger Freundschaft mit den Meinen weidlich pflege

Relativ ist alles, was Mir anhängt, absolut Bin Ich allein in Meiner Gründlichkeit und Seinskapazität, Abgeklärtheit und Regie der Sterne, die Ich mit Kreativität, Mutwillen, Umsicht und Tapferkeit regiere. Niemand macht Mir etwas vor, was Ich dann nachzuahmen hätte. Nichts weiter fällt Mir dazu ein, als dass Mein Vorbild ewig unerreichbar an der Front des Weltgescheh'ns rangiert, kontinuierlich, rastlos und verschwiegen.

Nun aber weg mit Leistung und Falaria. Vermittlung hin, Verehrung her, Ich Bin wie für die Ruh' geboren und bemächtige Mich ihres Charmes und ihrer Süsse, Redlichkeit und Grazie als einer, der gewagt hat und gewonnen und darob des Weilens niemals überdrüssig oder abgewandt geworden wäre. Nun denn reicht das Zarte sich bei mir die Hand und ziert den ewigen Augenblick des Allbehagens, den Ich Mir von Herzen gönne, ausgegossen in die Räume Meiner Geistkultur und liebevoll behütet von Mir selbst im Seinsbeständigen und - ewig Wandelbaren.

2.7

Streck Ich Mich und reck Ich Mich in dir dem heissgeliebten Sonnenlicht entgegen, ist Erfüllung Meiner zärtlichsten Gesetze mit im Spiel, denn was getrost ist, ist auch friedevoll und wahr in seinem Elemente, fraglos und sich selber treu im taufrisch angesetzten Leben.

Was in sich selber ruht, ist dazu ausersehn, Gedanken reiner Schöpferkraft von Meiner Provenienz hervorzubringen, die sich unbändig, resolut und tapfer der Verwirklichung entgegen-drängen. Das gebiert in Mir Äonen fulminanter Tatkraft und versetzt Mein Sein in einen Taumel von gerissenen Gestaltungen, Verbindlichkeiten, Sanktionen und bedeutungsvollen Übergängen, rastlos und gediegen.

Schwingt das Weltenpendel sich ins Zeitliche, muss es sich wieder vehement und zielbewusst, kapital und kregel ins All-Ewige erheben. Myriaden von Gedänkelchen und Spekulationen drängen zu den Quellen hin, die *Mich* in Makellosigkeit und Majestät, Subtilität und Überlegenheit repräsentieren. Wie ergiebig und beschaulich ist es dann, nach langer Fahrt ins Blaue wieder heimzukommen in die Wesenswelt der Stille, Einigkeit, Beglückung und Gelöstheit im beredten Schweigen wonnevoller Harmonie.

2.8
Am Leben ausgebildet und gestählt, erscheine Ich gar vielen als gestreng und unerbittlich, mitleidlos und abenteuerlich, derweil Mein Herzblut liebvoll sich bewegt, der Vollendung Meiner selbst in dir und deiner Unbekümmertheit entgegen. Lass es nun gut sein, wenn so vieles sich in deinem Lebenskreis ereignet, das du nicht verstehst. Es ist von Mir dahingetragen und betrifft dein ganzes so bewundernswertes Schicksal über Generationen hin. Du hast gelebt, gestritten und gelitten, hast dich inniglich gefreut und ausgelassen, nach dem Mass der Freiheit, die Ich dir mitten auf den Weg gegeben. Das veränderte dich mählich und geflissentlich zu dem, was du nun Bist in deinen Rängen, Klängen und Verbindlichkeiten.

Was Ich von dir will, ist weises Überlegen und Betrachten deiner Stellung auf dem Welten-schauplatz, um allmählich zu erspüren, wie viel Kerniges und Kosmisches, Gewitterträchtiges und Geniales Ich von Mir in dich gelegt, sodass dein Sein mit Meinem sich als allertiefst verbunden und vereint erweist. "Ich in dir und du in Mir" ist die glückseligmachende Parole, deren Klang dich in die höchsten Höh'n Elysiens entführt und dich mit Sicherheit, Natürlichkeit, Gewogenheit und Wohl-gefälligkeit des Ewigen versieht.

2.9
Du bezahlst in Währungen, Ich im Währen der Gerechtigkeit und Güte unter Meinen Schülern, Schützlingen und Himmelspatrioten. Kein Land ist

so wie Meines nach dem Mass der Liebe und des Feingefühls regiert, die Ich für Meine Bürger hege. Es kostet Mich nicht viel, bezaubernd und galant zu sein, den Gottestreuen gegenüber, die mit ihrem Herzblut für Mich einstehn und sich fehlerlos an die Gesetze halten, die Tugendhaftigkeit und Wachsamkeit, Elan und Seriosität verlangen.

Du bist in alles einbezogen, was Ich geltend machen will, indem Ich dich an Meiner Strippe halte, wo du Ungebundenheit verlangst - und dich in Freiheit setze, wo du begonnen hast, dich selbst zu kontrollieren und deinen Teil zur Gottesweltenordnung beizutragen.

Der Mahlstrom der Geschichte reisst nur jene mit sich fort, die sich das Schwimmen in ihm noch nicht angeeignet haben. Dazu ist die Hilfe Meiner Westen, geistesabenteuerlich gesehn, von grösstem Nutzen, denn die Wogen, die dich jäh verschlingen wollen, sind gefrässig, seelenlos und radikal.

Nun heisst es, Meiner Wissenschaft gemäss zu handeln und zu wandeln, wie's die Götterboten tun, die sich ständig über Meine Absicht und dezente Korrektur im Klaren halten. Wer dem Sein gewidmet ist, kann niemals fehlen, und wer standhaft Meiner Wege Traktion verfolgt, wird nicht im finstern Abgrund landen; besonders über schwierige Passagen kannst du dich von Mir getragen fühlen. Feierlich gelob Ich dir, nach den Maximen der Unendlichkeit an dir zu handeln und dein Wesens Eigenart in bester Form zu halten, wie sich's auch gehört, der unvergänglichen Gottseligkeit gemäss im Flug und Zuge der Geschichte, wie in der Seinsgestilltheit Meiner Art im Unverwandelbaren.

2.10
Reine Gottesgeistgedanken, dargereicht an deines Herzens Schwelle, um dein Wesen zu erbauen und die Ansicht von dir selbst zu stärken in der Seins-Vitalen. Morgen früh erwachend, sollst du dich an das erinnern, was Ich dir im Schlaf verlieh, und träumen sollst du von den unbegrenzten Lebensmöglichkeiten, die dir strahlend offenstehn.

Was bringt es dir, wenn du darauf vertraust, von Meiner Seite inspiriert und angeleitet, angefeuert und traktiert zu werden? Ein neues, höherwertiges und seinssubtiles Dasein weitet deinen Sinn bis zu den Sternen und beschert dir das Bewusstsein der Allgegenwart in Mir; des wahren, wachen Freiseins Züge werden dir bekannt und du gewahrst in deiner wundervollen Grenzenlosigkeit des Gotteslichtes Strahlen.

Mut zur Losgelöstheit von den Dingen dieser Welt ist unbedingt vonnöten, um dir gnadenvolles Selbsterkennen und -benennen zu bescheren. Denn es steht dir wunderbarerweise zu, dich als Götterboten, Herold der Unendlichkeit und Seinsverklärer zu bezeichnen,

Als Bürger zweier Welten darfst du dich erleben, ein Gesandter Meiner Akrobatik sein und darfst dich ins Elysium erheben, zu deinem ewigen Daheim. Es nähren dich der Geister Scharen mit wohlgefälligem In-deiner-Mitte-Stehn, um dich im wirkungsvollen Weltgeschehn vor Unheil zu bewahren. Wach auf zu Meinen Liebesdiensten deut' Ich dir in zartem Sang, und zähl dich zu den Allerkühnsten, ein glückerfülltes Leben lang.

2.11
Melodien hör' Ich in der unermesslich weitgedehnten Seinsarena rauschen, von entzückender Gefäl-

ligkeit und wunderbar gesittetem Genügen. Wo die Seele ihrer harrte, löst sich nun ihr seiden-weich gestrichenes Gefieder in die Räume der Unendlichkeit.

Warst du schon im Jenseits aller Dinge, frag Ich dich gehörig an? Niemals, Meinst du, doch Ich will dich davon überzeugen, dass es schon gar oft genau so war. Du brauchst dir nur zu überlegen, was die Dinge *sind* und was du für dich selber Bist als Wesen geistiger Potenz, Gedankenträchtigkeit und überlegtem Handeln. Alle deine Motivationen, siehe da, gehören in das Geistesreich, dem sie gehörig auch entsprungen. So magst du, im Erkennen, immerzu im Land der denkerischen Kräfte und des seeleninnigen Empfindens weilen.

Was hältst du von der Bitte um Vergebung, wegen deinem all so kurzgesichtigen Betrachten deiner Lebenssituation? So vieles liegt dir offenbar, gerade vor den Augen; du brauchst es nur gebührend anzusehn, um nicht nur seiner Schale, sondern ihres Inhalts, ihrer Souplesse und Empfindsamkeit gewahr zu werden. Das ist dann ein erhebendes Dich-stracks-auf-Meine-Seite-Schlagen, wo Ich selbander mit dir aller Werte Wohlfahrt und Gefälligkeit verwalte.

Lass es nun gut sein mit dem sinnenden Gelispel, das Ich dir treulich und gekonnt vermittle, um dich zu einem glühenden Verehrer deiner selbst und damit Meiner Selbstgefälligkeit zu stilisieren.

Sieh, die Dinge sind doch blitzend wahr, die alle Meinem Sein entsprungen und wieder zu ihm heimzukehren fällig sind, ins wunderbar geklärte Milieu.

2.12

My Lord, regiere du, derweil die Bürgen deines Seins und Trachtens selig schlafen. Die Kunst zu sein, in wacher Aktualität voll Reife, ist ganz Mir und Meiner Heilkraft zuzuschreiben. Hast du Probleme, Mir zu folgen, versetze dich in leichten Trab und überlass es Mir, dich zu den Quellen reinen Seins und Sichtens hinzuführen.

Mauerblümchen mag Ich nur, solang sie so bescheiden, kaum sich selbst bewusst, agieren, wie sie *sind* und ohne sich dabei zu zieren.

Mir fällt auf, wie viele ihren Lernpfad längst noch nicht durchschritten haben. An jeder noch so sanften Wendung ruhen sie sich weidlich aus und kommen so beileibe nicht voran in ihrem Soll, von Mir bekannt gemacht und vorgegeben. Da ist es nun Mein Senden, Wenden, Irritieren und Bezirzen, dass sich alle Säumigen schlussendlich um Rendite und Erfolg bemühen. Meine Löwenstärke ist es, niemals aufzugeben, dem Sinn der Welt gemäss zu handeln und das Allerschlimmste noch mit Anmut und Gewissenhaftigkeit zu überstehn. Mein Wille ist der Wille ganzer Geistergenerationen, die sich gekonnt und genial in Szene setzen, selbst vor grossem Publikum, und sich auch nicht genieren, Lächerliches und Blamables, Ungereimtes und Rachitisches zu produzieren.

Was Mich betrifft, ist gar nichts Gleiches zu befürchten. Jede Meiner Regungen bezeugt Solvenz en masse zugunsten einer Perfektion, Geschmeidigkeit und Schönheit ohnegleichen. Hier lässt sich alles wie im Märchen an und singt und jubelt, lacht und scherzt in Dankbarkeit und Fülle, Fortschritt und Verbindlichkeit, aus vollem Herzen und mit wunderbar erhabener Moral.

2.13
Schweigend appellierst du an die höchsten Kräfte, sie mögen sich bemerkbar machen aus des

Himmels Sicht und Strategie, damit dein Wirken lauter werde, lichtvoll und gediegen. Jeder, der wahrhaftige Trophäen ernten will, ist zuallererst auf Mich und Meine Geisteskräfte angewiesen. Hast du Fantasie, so sei dir stets bewusst, dass es die Meine ist, die sich aus dem Unendlichen in deine offnen Schalen giesst und sie aufs Köstlichste befruchtet und belebt.

Ein Mehr und Minder macht sich rasch bemerkbar, doch ist es niemals Meiner Wankelmütigkeit und Abgezehrtheit zuzuschreiben, sondern deiner, wenn die Spontaneität und Qualität der Botschaft nicht konstant, gefällig und plausibel ist.

Tröste dich, dass es Mich gibt und dass du deine Lage wesentlich verbessern kannst, indem du Meinem Aufruf zu Vertrauen und Genügsamkeit, Vereinigung und Hoffnung Folge leistest und damit deinem Lebenswerk und Stil das Götterlichte einhauchst, das ihm doch so nötig ist und an dem es sich erbauen, regalieren, vorwärts bringen und aufs Innigste beglücken kann.

2.14
Bevor Ich Mich zur Ruhe lege. In drei Teufels Namen, was ist das? Ein Trunkensein von Licht und Bildern, schmackhaften Worten und vom Wohlgefühl, nichts tun zu müssen, als das Dasein zu geniessen und ein wenig nachzuplappern, was schon alle wissen, grünschnäbelig, blauäugig, besserwisserisch und absolut im grandiosen Nichts-Verstehn.

Kunstvoll im Aneinanderreihen von brisanten Szenen machte man sich Luft und Lust auf Liebe und begehrt schlussends nichts mehr als Schlummer, süss und saftig, träumerisch vernebelt und vom Geist der Märchenhaftigkeit durchzogen.

2.15
Der Keimling grandioser Taten zeigt sich Meinem Blick in deine Gründe und gebiert Bewunderung für alles, was du Bist in Mir. Mach hoch die Tür, will Ich dir sagen, dass die Geistessonne dich durchflutet und dein Bestes hochzieht in die Sphären Meiner Unerschöpflichkeit, Bedachtsamkeit und Harmonie.

Was bildest du dir ein, dir selber zu bedeuten, ohne nach dem Akt der Hilfe, die *Ich* dir aus dem Unendlichen gewähr', zu fragen? Alle deine Griffe sind nichts nütze, wenn sie nicht von dir *und* Mir gelenkt, gehütet und veredelt werden. Das geschieht von Mir aus in geheimer Mission.

Willst du erfahren, was Mich dazu antreibt, dir auf allen deinen Wegen herzlich gut zu sein und wohlgewogen, so ermanne dich in deinem Wirrwarr von Gedankengängen, absolute Stille herzustellen, so dezidiert, dass sie dir wie ein Nichts erscheinen. Doch gerade damit öffnest du dich Meinem götterlichten Einfluss und Gehaben. Deine kühnsten Träume werden wahr, wenn du Mich so gewähren lässest und dein seelenvolles Feingefühl sich Meinem mählich angleicht in der Union, die sich im Mystischen vollzieht, in wunderbar gesegneten und wohlgefälligen Runden.

Nicht von hier und doch in dir sind alle trefflichen Beförderungen und Begriffe tätig, um in dir ein Mahnmal der Gerechtigkeit und Lebensliebe aufzurichten, das da steht und strahlt zu aller Nutzen und Gewinn im Weltenepos, das Ich streng und mächtig, zart, geschwisterlich und liebevoll betreibe.

2.16
Also hab' Ich Meine Grenzen abgeschritten, um dabei zu konstatieren, dass sie sich mit Leichtigkeit

erweitern lassen, immer dezidierter dem Unendlichen entgegen.

Was mach' Ich bloss mit Meines Geistes Schoss, wenn sich in ihm Unendliches ereignet? Ich lasse los und fühle Mich unendlich gross in Meinem Mich-Begründen. Da kommt die Zeit gar weit und breit Mir brüderlich entgegen und wird zur lichten Ewigkeit in Meinem Mich-Erleben.

Das Transzendente hat so viel für sich, dass Ich es dauernd und erschauernd suche. Es flieht vor Mir ins Überall und siehe da, Ich finde es in jeden Weltenwesens Lebenslust und Poesie.

Getreu dem Wort: "Ich Bin schon dort", muss Ich Mein Hiersein nicht verlassen und kann Mich bis zum Sternenfall aufs Freundlichste erfassen. Nun bin Ich da, bin dir so nah wie jedem Meiner Wesen und helfe dir, in Grossmanier dasselbe zu erleben.

In Meinem Reiche waltet Geistigkeit in vollen, warmen Zügen und trägt sich unbedingt voran zu köstlichem Genügen. Was immer Ich erbitte, schon ist es getan und schmückt und feiert Meine Mitte, deren Wohllaut Ich voll Nerv für Mich gewann. Steh' Ich in Schulden, unverzüglich tilg' Ich sie und mache Mir kein Hehl daraus, in Meinem Reichtum wonnevoll zu wühlen. Das ist nun die Gerechtigkeit, in der Ich strahlend Mich erfinde und Mir darob in Seligkeit ein Siegeskränzlein winde.

2.17
Begreifst du dich in deinem Sein und Leben? Wie viele Jahre mussten wohl verstreichen, bis du dich zur Frage durchgerungen hast: Wo komm' Ich her, wo geh' Ich hin? Damit aber ist für dich, wie Mich, die Stunde der Wahrhaftigkeit und Gottesglorie angebrochen, in der Ich dich mit Meiner Trümpfe und Vernünfte Vielzahl fürstlich, majestätisch und

geflissentlich bedienen kann, in deines Daseins Sinngedicht und weitausholendem Florieren. Da magst du noch so viele Ängste und Verwundungen, Stagnationen und riskante Abenteuer ausgestanden haben, sowie du Mich an deiner kühnen, kühlen Seite seliglich gewahrst, ist alles eitel Lust und Freue, was wir miteinander tun und treiben, leisten und gemächlich auf die hohe Kante legen.

Gefällt es dir, in treuen Händen ein seinsgefälliger und sakrosankter Bürger Meiner Welt zu sein, bewahr' Ich dich in Gotteswohlfahrt, Himmelstraulichkeit und reinem Frieden. Meine Göttlichkeit und Schöne lockt dich in die Weiten Meiner Seinspräsenz und Güte, Glaubwürdigkeit und geniale Unerschöpflichkeit im Geistessinne, die Mir eigen.

In grandiosen Zügen öffnet sich dir das verheissungsvolle und holdseligmachende Imperium der Seinskultur, dessen Zeuge und Faszikel du dir Bist seit aller Zeit und wohlverstanden auch für lichterfüllte Ewigkeiten.

2.18
Gnade in Gott, Meinem Helfer, dem alles gehört und obliegt, was in Mulden sich senkt und zu Bergen erhöht. Wer ist dieser Meister, dem aller Ehre Wort und Feier, Wohllaut und Gerechtigkeit gebührt? Ein Gott der Anmut und Bewegtheit will Ich Meinen, ein Liebesgott vom altem Schrot und Korn, auf den Ich Mich verlassen kann im Saus und Braus der Welt wie auch in allen Nöten.

Es wallt der Geist der Hoffnung durch Mein Sehnen nach Erfüllung Meiner legitimen Wünsche, die da sind: ein Leben in der Freiheit des Gestaltens und Erhaltens Meiner Werte, die Gewissheit, dass Ich Bin ein unerschöpfliches Gebilde der Allherrlichkeit, die Mich befruchtet, liebt und Meiner Freiheit Pate ist im Geistesaufruhr, den Ich meine. Auf das Geheiss der Götter will Ich zählen mehr als auf das unverständliche Gebrumm der Weltakteure, die Mir ständig auf die Nerven gehn. Gewaltiges steht Mir bevor, will Ich in Demut meinen, und ganz Ungewöhnliches ereignet sich von Tag zu Tag in Meinem Seelensein, vom Herrn der Welt zu Mir hinunter. Es ist die Stunde reiner Wahrheit, die Ich in Mir fühle, die Epoche einer Wohlfahrt ohnegleichen, die Mich packt und lichtvoll leitet im unendlich liebevoll errichteten Allhier.

Nun gilt es, Ruhe zu bewahren, selbst im allerwindigsten Revier. Ich tauche ein ins unerschütterlich gebieterische Schweigen in dem Himmelssaal, wie in den vielen Seitengängen, die ihm eigen. Hier feiert Urvernunft Triumphe und die Sinne blühen auf aus reichlich glanzbesetzten Kindertagen. Leichthin teilen sich die Meinungen von dem, was Ich Mir Bin und eilen doch geschwisterlich ins selbe Lager des allherrlichen Genügens am betuchten Sein, dem Ich Mein Bestes dargebracht und eingewoben habe.

Froh und frei ist Meine Ansicht von der Weltenlage, die gebiert in Mir Unendliches, an dem Ich Mich erlabe und von dem Ich bis zum Letzten hochbeglückt und sinngemäss, ausgezeichnet und bezaubernd eingenommen bin.

2.19
Kapitän der guten Hoffnung auf Erfüllung aller deiner Wünsche sollst du sein, in Meines Zaubergartens Farbenpracht und Stil. Die schöne Kunst des rechten Bittens sollst du von Mir lernen, die da heisst: Vertrauen auf die Geisteskräfte, die da *sind* und die dein Flehen gern empfangen und auf ihre Art in Wohlfahrt, in Lebenstrautheit und Geschick-

lichkeit verwandeln. Glanz des Himmels ist dir offen, Glorie der guten Zeit, in die du just hineingeboren, wenn du nur einsiehst, welche Fülle und Vollendung in dir selbst verborgen liegen. Nichts anderes sind sie, als eines Gottes Freibrief und empfindende Gewähr für geniales Planen, lückenloses Aneinanderfügen neuer Werte und beglückendes Betrachten, was sie *sind* in ihrer wundersamen Schöne.

Nicht im Geringsten sollst du daran zweifeln, dass du Bist Mein innigster Geliebter, Meine süsse Traube, Mein Plafond und Mein siegessicheres Idol. Geschärften Sinnens sollst du mit Mir deine Lebenszeit durchschreiten und deiner selbst gewahr sein, sollst mutvoll und gelassen als ein König der Holdseligkeit einhergehn, dem wahrhaftiges Benehmen, Unerschrockenheit und Folgerichtigkeit wie nichts am Herzen liegen.

All dies ist dir von Mir seit Ewigkeit gegeben, als ein Brautgeschenk des unauslöschlichen und schicklichen Vermählens mit der meisterlichen Gottesruh.

Lebensfroh und heiter ist Mein Auftritt überall, wo ausserordentlicher Charme versprüht und Grosses ausgesagt, geleistet und vollendet werden soll. Wo pack ich's an, wird mancher fragen? Dort, wo das Schwierige besond're Leistungen verlangt und das Besondere in Anmut glänzen soll vor aller Augen. Mir kann es nicht egal sein, wo die Trümpfe ausgespielt und wo gestochen wird, weil es Mir stets obliegt, den Spiellauf zu beherrschen und die hitzige Partie als Sieger zu beenden.

Nur wer am Werk getestet und gefeiert ist, kann das Unsterbliche erreichen. Zahlreiche Monumente, Geisteswürfe und Erfindungen beweisen das. Dabei mach' Ich so vieles wahr, was andere nicht können und was göttliches Geschick erfordert auf dem schicken Erdenplan. Wohlüberlegt ist, was sich wie von selber zu gestalten scheint und was Verbindungen erfordert von unendlich krasser Vielfalt, wie von klassischem Vermögen. Aufbewahrt auf ewig ist es in den Geistannalen und verteilt sich wunderbarerweise an das Weltgewissen, um Balance und Bewunderung, Tradition und Festlichkeit hervorzurufen.

So lohnt es sich, in allem *in* zu sein und auch für dich, dem Allerhöchsten zuzustreben. Ich Bin, und - Bist auch du, will Ich besorgt und gütig fragen? Eine Antwort musst du selber geben und dazu ein Hoch auf den Verfasser, der schon alles überlegt, erreicht und gutgeschrieben hat. Bist du, so Bist du stets in Ihm und darfst die Gnade, die Verbindlichkeit und sein immenses Renommee glückselig in dir spüren.

2.20
Gestärkt aus jedem Daseinskampf gehst du hervor, wenn er von Mir genährt, geleitet und als recht befunden war. Trägst du Mein Siegel bildhübsch und devot voran, brauchst du dich um den Glanz des Sieges nicht zu sorgen. Alles ist vernetzt in einer Strategie hochfahrenden Beginnens und vollendeten Besteh'ns. Ohne Zögern zeige Ich den Widersachern Meiner Zünftigkeit die Zähne, und, wo sie ungebärdet bleiben, richte Ich Mich auf und zermalme sie mit einem wohlgezielten Schlage. Sie sind ein Opfer ihrer eigenen Mixtur von Uneinsichtigkeit, Verschlagenheit und schlechtem Willen, Mir und Meinen Vielgeliebten gegenüber. So halt' Ich dich im Auge und erwidere die Hiebe, die du einsteckst, deiner Wenigkeit zur Seite, um dich vor den Augen aller grandios, erfolgreich, sachverständig und gelobt zu machen.

Bin Ich denn der gute Hirte, können Meine Sohlen jedes Weggelaufene gekonnt ereilen, um sein Lebenslicht zu retten und jedwelche Widerborstigkeit rabiat und unerbittlich in den Wind zu schlagen. Konsequent und würdevoll vollziehe Ich an dir, was Ich so meine, und bekränze dich mit Goldlaub, wenn du hoch erhaben in der Mitte deiner Kontrahenden stehst.

Ich schöpfe für dich, wo geschöpft und ausgetragen werden soll und Bin dir stets das Mahnmal der Gerechtigkeit und Liebenswürdigkeit am Leben. Meine holde Seite wende Ich dir zu und bestärke, was Ich Meinem Bild seit eh und je geschworen habe: Nimmer lass' Ich dich allein und trage ständig Schätze der Vernunft und Rüstigkeit, des Edelmuts und der gefälligen Manieren zu den deinen. Das gibt ein auserlesenes Produkt von Weisheit und Gelassenheit, Verständigkeit und Gottesminne, die von aller Welt bestaunt, begriffen und als gottgefällig hingenommen werden.

Diesen sakrosankten Lauf der Dinge hab' Ich dir versprochen und versprech' ihn immer mehr, derweil du Mein Vertrauter und Verbündeter, Beschützer und Verklärter wirst im Reiche Meiner Geister und Verschworenen am Sein und sinngemässen Handeln, seligen Lächelns und Verbuchstabierens ihrer Zeit in Mir.

2.21
Wahrhaftigkeit und Güte sind die wesentlichen Punkte Meiner Philosophie der Menschlichkeit, die Ich betrachtet und beachtet haben will im Weltgetriebe. Hast du Probleme, schau sie dir von Meiner Warte an und sieh, wie sie zusammenschmelzen vor der Allmacht Meiner Züge und sich dann als ganz normales Phänomen erweisen in des

Lebens Aufsicht, Wirbeltanz und Spiel. Hältst du dich an Meiner Weisungen Gefälle und Gefälligkeit, kann dir nichts wahrhaft Ungebührliches geschehen, denn in jedem Lebensrätsel liegt der Ansatz zur gottseligen Lösung schon verborgen, Meinem Weltbedeuten zu.

Im Grund genommen kannst du niemals falsch agieren, denn Mein Silbersinn und Resümee vermag noch alles, was geschieht, ins rechte Licht zu setzen, das da Gottesweisheit heisst, dem grossen Ganzen, Weltlichen und Überweltlichen geflissentlich und wohlbedacht dahingegeben.

Du denkst und denkst nicht, dass *Ich* alles, was du Bist und tust und trägst, dabei aufs Allerschicklichste bedenke. Somit wird dir mancher Abfall zum entscheidenden Gewinn und manche Störung zur Erhöhung deiner Werte und zur Steigerung und Straffung deines Seinsgefühls. Als bittersüss will Ich benennen, was aus deinen Winkelzügen und aparten Eigenwilligkeiten resultiert. Nicht deine, sondern Meine Argumente kommen da am Ende unbedingt ins Spiel und lassen dich schlussends das Glück des götterlichten und entschieden wonnevollen Seins erleben.

2.22

Morgenluft witternd auf einsamer Spur beschliesst die Seele das Dunkel der Nächte und hievt sich behende zu lichten Gefilden des Himmels empor. Im Wesen der Welt fühlt sie sich aufs Beste geborgen und lächelt dem Künftigen Liebe, Vertrauen und Gleichmut entgegen.

Wie schätzt sie die heilige Stunde, die ihr so viel Leichte und Helle gebiert! Sie fühlt sich vom Geiste der Wahrheit umfangen und lebt in beseelter Beständigkeit, selig in ihrem Befunde.

Traust du dem Wirklichen Wachheit Würde und Wahrheit, Erfahrung und Festigkeit zu, weiht es dich ein in die Pläne des Allerhöchsten und sendet dir ständig Impulse des wahren Entfaltens auf wahrhaftigen Höhen entgegen. Was du dir bist, entspringt der Meinung und Gewährnis hochgebenedeiter Geisterscharen und beschickt dich und entzückt dich in bedeutungsvollem Mass, dass du dir vorkommst als ein Bürger des Elysiums und Bannerträger der Erhabenheit, Glückseligkeit und Gottesebenbildlichkeit im Sein und Sinnen, gestählt, gezählt und auserwählt im Wunderbaren.

3

Impulse des wahren Entfaltens

3.1

Wer ist bewanderter im Recht als Meine Unbescholtenheit, Bewusstheit und Versiertheit in der Anamnese selbst der anspruchsvollsten Fälle im Allhier? Mir geht keiner durch die Latten in der anspruchsvollen Art und Weise, wie Ich selbst die Simpelsten der Fälle aufbereite und sortiere, um sie transparent zu machen für den Richtspruch göttlichen Gebietens. Alle Mittel sind Mir offen, um Gewähr zu bieten für die Besserung des Delinquenten auf humaner Basis und sprichwörtlich fairem Spruchparkett, auf dem Ich nie ins Gleiten komme, sei es noch so glitschig und perfid.

Warnung ist an alle ausgegeben, die Mich tückisch hintergehen wollen, denn sie sind's, die Ich wie mit der Eisenfaust am Schopfe fasse und zum Rechten weise auf des Lebens sinuöser Spur. Wohlverstand, Sachkenntnis und profundes Seinsgefühl sind alleweil vonnöten, um plausibler Argumente willen in der richterlichen Strategie.

Dem Wesen nach allmenschlich, nach der Wirkung, ins Allgöttliche gezogen ist das hehre Spiel der Meinungen und Sicherheiten, Seinsgerechtigkeiten und Verstiegenheiten, wie Ich seh'. Da gewinnt das Wahre, Offensichtliche unendliches Bedeuten und erhebt das Menschenmass ins Göttliche, wo alles seine Richtigkeit und seinen Edelmut, sein Flair und seine Liebeswürdigkeit besitzt in der Gemeinschaft mit den Hochgebildeten und gloriosen Geistern, allesamt in Mir und Meinem Lichte traulich, seelenvoll und majestätisch aufgehoben.

3.2

Nicht gegen Feinde kämpfen sollst du, sondern sie zu Freunden machen in der klug gefassten Lebensstrategie. Um es krass zu sagen: Nichts kann dir ein toter Widersacher nützen, doch ein freundlicher und freudenreich gewordener gar viel.

Erwecke deinen Mut, wenn du gefordert bist. Doch strecke deine Waffen dem entgegen, der wie eine Furie auf dich zukommt. Trete still zur Seite und sieh zu, wie er vornüberfällt in seinem Rasen. Ich aber sage dir: *Mein* Pfeil hat ihn getroffen, Meine Wucht hat ihn den Boden küssen lassen und Mein blankes Schwert hat ihm den wohlverdienten Rest gegeben.

Deine Meilen geh', erfüllt von Herzensfrieden, mit der Überzeugung, dass dir einer beisteht, dem die Kraft wie eine Sonne aus dem Antlitz strahlt und der gekonnt auf jede Wendung, Wirkung und Ranküne reagiert, um sie für dich zur Wohlbekömmlichkeit zu stilisieren.

Schon von Weitem seh' Ich jedem die Gesinnung und Gesittung an, die er im Busen trägt und recht bescheiden oder frech spazieren führt in seinen vielbewegten Tagen.

Zum Kämpfen tritt ausschliesslich mit dir selber an, indem du deine Fehler korrigierst und deinen Mut trainierst im wachen Auf-die-eigne-Pauke-Schlagen. Besiegen kannst du nur dein Selbstgefühl, das alles will und nichts erreicht, wenn Ich ihm nicht geziemend auf die Beine helfe und ihm Meine Meinung, was zu tun ist, gütig offeriere. Du stehst im Stand der Gnade, wenn du Mich erhörst und strauchelst, wo dein Sinn verschlossen ist für göttliche Belehrung, wie für das Heil, das dir von ihrer Sanftmut seelenvoll entgegenströmt.

Blicke auf das Gute, das dir zusteht, und verhindere damit den Einbruch trüblicher Gedanken, die dich um die Güte Gottes bringen wollen. Im Vorwärtsdrängen lass' die Peitsche knallen und verbinde dich mit dem, was dir Erfolg beschert und Achtung und Bewunderung in deinem unerschütterlichen Streben.

Meine Denkart, Kraft und Kapriole bringen dich gezielt voran und lassen dich die Freude am Gelingen spüren. Glaube deinem Glauben an die Macht der Himmelspoesie und lass' nicht locker, bis sie dir geläufig ist im Herzensfrieden deiner Zeit, wie in der strahlenden Unendlichkeit, die sich von Mir um dich verbreitet und deinen Sinn für Schönheit und Gerechtigkeit, Glückseligkeit und Liebe ins Unendliche bewegt.

3.3
Traumhochzeit im Grünen zwischen dir und Mir, zwischen dem Unendlichen und Meinen siebzig wackeren Gefährten menschlicher Bravour, die sich zur Selbsterkenntnis schlicht und schlank emporgerungen haben. Was könnte inniger und unauslöschlicher, beglückender und liebeszarter sein, als die Vereinigung der Gottheit mit der menschenweltlichen Gebärde, die Mir eigen?

Dort, wo sie bewusst erlebt und ausgehalten, mit Gefühl genährt und meisterlich gepflegt wird, tritt sie als ein Ganzes, Unzertrennliches hervor und wandelt selig mit Mir durch den Liebesgarten, den Ich ihr voll Grazie bereitet habe.

Damit es funkt und warm wird zwischen dir und Mir, bedarf es einer wunderbar gesegneten Vertraulichkeit, wie zwischen zwei Verliebten, die in und um sich nichts mehr anderes gewahren.

Gott und die Welt, der Harnisch, den Ich spielerisch um Mich gelegt und eine Woge warmen Mitgefühls erfüllen Mich, wenn Ich die Konsequenz für dieses freie Handeln Mir beschaue. Sie trägt Mich an den Ort, wo viel gelitten und gestritten wird, wie an die Stelle Meines Mich-Verwundens und -Verwunderns über so viel Uneinsichtigkeit und Selbstgefälligkeit im Dauernd-sich-Erregen.

Da nehm' Ich die Verfemten an Mein Herz und halte ihnen eine Gottesgabe zu: die Einsicht, dass sie *sind* unsterblich, unerschütterlich Mein Teil und Meiner Göttlichkeit Gesellentum und Gnade. O, wie fördert das ihr Selbstgefühl und ihren Raumbegriff als eine von Mir, wie von ihnen, angefüllte Grösse im geistigerfüllten Freudenareal. Das macht, dass neue Friedefertigkeit und Wachheit sie durchzittern, die das Meisterliche meisterlich erscheinen lassen in der Grazie des Himmels und der Wohlgewogenheit der Himmlischen im Geistraum über dir.

3.4
All und Allgewalt in Gottessphären, wesenhafte Würde, wo Ich Mich befinde und Mich selbst empfinde, Geistessonnen, meisterlich und wahr.

Welche Wohltat, ausser Mir zu sein und damit im Unendlichen, dem Meine Liebe, Achtung und Gewissheit gilt in wunderbar gelassnen Zügen.

Wie wanderst du dahin, wo andere Gesetze gelten? Wie fassest du in eins zusammen, was du Bist, wenn nicht in Mir, dem Einen, der dich wie die zarte Glucke hütet und dein Soseins Wetterwendigkeit aufs Trefflichste stabilisiert? Flippst du aus in deinen Runden, flippt es dich zurück mit sicherm Griff und Schafsgeduld, damit du an dir selber keinen Schaden leidest und als das herauskommst, was da sein soll, ja als das, was längst schon ist, als Same angelegt in deinen Seelengründen.

Besinne dich auf deines Gottgefieders Glänzen - und du Bist in deiner Welt der Star der unerschöpflichen Barmherzigkeit am Sein und Leben, an der Lichtheit der Gestirne wie am ausgesprochnen Wonnesein in Mir.

3.5

Der gottesmütterliche Thron erhebt das Weibliche in allerhöchste Sphären. Da verschwimmt das Unterscheiden und die Regel lautet: Vor dem Herrn sind alle ganz dieselben. Nur das Tugendhafte zählt und die Begeisterung am Sein, die alles überstrahlt, was *ist*, und sich zu dem gesellt, was die erhabnen Götter für dich meinen.

Blicket auf zu Mir, erkläre Ich den Meinen, und schielt nicht links noch rechts, um der Entführung ins Unwirkliche entschieden zu entgeh'n. Dann werdet ihr das Wirkliche, Wahrhaftige und völlig Unbeschwerte schauen, das da heisst: elysische Gewähr für Seinsglückseligkeit, Erhabenheit und Grazie des Himmels hoch und hehr.

Wer trägt den Strahlenbund der Sterne allen Wesen still voran? Wer leitet die Geburt ins weltliche Gescheh'n und lässt die Seelen wieder ins unwirklich Scheinende entfahren? Das Bin Ich, dem aller Anfang, alle Macht und Stärke zugehört und das in Sonderschritten alles Offensichtliche kreiert, an dem die Menschenkinder allesamt mit so viel Inbrunst hangen.

Was tritt hervor, wenn sich die Einsicht Bahn gebrochen hat in das Unendliche der Himmelssphären? Eine Überfülle Lichts und die Gewissheit reinen Freudeseins und wunderbarer Seinsgeselligkeit im Unergründlichen.

3.6

Beherzt und gütig trete Ich aus Mir hervor und deklamiere einen neuen Vers voll Verve und Überzeugung, all so: Meines Wesens Mark und Mitte ist des Seins unendlich kräftestrotzendes Gefieder, unverwelkbar, majestätisch ausgebreitet, kosmologisch, über Mir. Ich mache wett, was

Myriaden Hörige und Törichte verschuldet haben. Meine Stimme ist die eines Fürsten des gerechten Handelns und des Wachseins an der Front der zuckenden Äonen, die Ich Mir zum Schauplatz Meiner lichten Gegenwart erkoren. Ich trete leise auf, je nach der Situation, die Ich dem Göttergang der Welt und seinem Triebwerk anzupassen habe. Das Robuste fällt Mir schwer und wird nur dann heraufbeschworen, wenn die Dinge es verlangen, rabiaterweise angegangen und verinnerlicht zu werden.

Multifunktionär Bin Ich landauf und -über in Begriffen, die das Ganze vorwärtsbringen ohne Wenn und Aber in bewusster Himmelsstrategie.

Was Mir bekannt, geläufig und gelungen ist, gehört auch deinem Weltsein und natürlichen Gelingen an. Dein Seinserkennen macht es möglich, und dein unverwüstlicher Elan wird unbedingt mit Meinem gleichziehn, geistesabenteuerlich, geschickt, bewusst und in die Sphären Meiner Wirkkraft und Beseligung erhoben.

3.7
Die Grazie des Himmels zu erspüren gehst du aus und kehrst reich befrachtet und beglückt zu deinem Alltag wieder. Winde dich an Mir empor, bedeut' Ich deinem permanenten Suchen nach dem Halt und nach der Eigen-Art, die dich von Mir beseelt. Leuchten lass' Ich über deinem Haupte, was so kostbar ist: den Stern der Hoffnung nach Erfüllung deiner Wünsche, die Sehnsucht nach Geborgenheit im Sein und Leben und das Glück des glänzenden Erfolgs, gewährt aus Meinen vollen Schalen.

Wahrhaftige Ertüchtigung geschieht nur, wo Ich glanzvoll, gütig und bewusst agiere. Lebensmut ergibt sich aus der Kombination von Können und

Geschmeidigkeit, brillanter Klugheit und bescheidenem Auf-Meine-leise-Stimme-Hören. Kannst du verwerten, was Ich will, Bist du ein gemachter Mann, ein siegesstolzes Frauenzimmer, denen man den Reiz des Ausserordentlichen herzlich gönnen mag.

Ich komme und du musst an Meiner Gegenwart allwie ein Mondenschimmer vor dem Sonnenstrahl vergeh'n. Ich buchstabiere und du lernst den Sinn der vor dich hin gesetzten Zeichen regelrecht begreifen. Unfertig bist du, bis der Strom der Mündigkeit galant, brisant, befruchtend und beglückend deinen Scheitel überfährt.

Alleweil stehst Du in Meiner Gunst und darfst dich Seinsbegünstigter und Sakrosankter nennen über aller Widersprüchlichkeit der Erdenzeiten. Klaren Sinns und klugen Augenblinkens schreitest du als König deiner selbst einher, sowie du den in dir erkannt hast, der du Bist und der Ich Bin in hunderttausend Variationen. *Es* geschieht im Allsinn, in den Tälern, auf den Höh'n und erfüllt die Lebensräume wie ein Brausen, wie still es immer ist und wie erfinderisch im Aneinanderreihen trefflicher Gedanken. Folge ihm - und du begibst dich in die strahlende Gefolgschaft ungezählter Sterne, die sein Kleid und seine Würde, sein Sich-selbst-Behaupten, wie sein Nimbus sind im Unergründlichen, wie in der Zelle deines jauchzenden Dich-selbst-Begreifens.

3.8
Geisteskapital bringt brodelnde Gedanken auf den Lebensplan und adelt, was du Bist, in wunderbar bedeutungsvollen Zügen. Geglückt ist Meine Mission an dir, wenn du von dir selber nichts und von Mir alles das erwartest, was dir Form und

Farbe, Wertbeständigkeit, Entschiedenheit und Grazie verleiht, höchst ruhmreich und gediegen.

Beginnst du zu begreifen, mit wie viel Nerv, Natürlichkeit und Genialität Ich deines Wesens Wahrspruch und Regie bedenke, kann es nimmer schiefgehn mit dem Fortschritt deiner Eigentümlichkeiten. Keine köstliche Sekunde schweift Mein Augenmerken weg von dir, damit der Sinn gewahrt wird deines Daseins im Erblühn.

So viel Eifer und Gewissenhaftigkeit ist wohl von deiner Seite her zu schätzen und mit Sorgfalt zu belegen. Was auf dich kommt, ist immer Meines Segens Rosenstrahl, wie Meines Willens Grundwert, gut zu sein und eine Welt von Schönheit, Weisheit, Ehrlichkeit und Liebe zu kreieren.

3.9
Konkret geworden, trag Ich volle Sorge zu Mir selbst und wache über das Gewirr von Angelegenheiten, das Ich Mir zugetraut und angerichtet habe. Ich tendiere dahin, im Äonenreichtum Meiner Tage Gültiges, Wahrhaftiges und Seelenvolles darzulegen. Das bedingt ein unablässiges gestalterisches Flair am kosmischen Betrieb, der sich in einer Gotteseinheit ohnegleichen, wie in einer ins Unendliche verzweigten Vielfalt und Zersplitterung vollzieht.

In diesem Kontext will Ich dir gerade dein Bedeuten klar und klug vor Augen halten, damit du dich vor Mir in deinem Alltag weder unterschätzest noch befremdlich überhebst. Kein solcher Missgriff kann Mir widerfahren, weil das Allmächtige Mich stärkt und die Allweisheit Mich vor dem Zuviel zurückhält, so dass jegliches Gescheh'n in Mir sich voller Harmonie, Gelassenheit und Ausgewogenheit vollzieht.

Mein Werk erschöpft sich nie und stellt sich ewig jugendfrisch und heiter, balancierend, ballettierend und befreiend dar für alle, die ihm innig innewohnen. Das heisst, sie haben sich erkannt als Sein vom Seienden und sind damit durchdrungen von der Reinheit der Gedanken und Gefühle *Meiner* Provenienz, die makellos und liebevoll, potent und graziös im Weltendasein steht. Myriaden sind berufen, Meinen Geistruf als das Nonplusultra allen Lebens zu verstehen; doch nur wenige sind schon zur Tat geschritten, das heisst, zur Selbsterkenntnis und Gottseligkeit in Mir.

3.10
Nie und nimmer wirst du Meine Gunst erringen, Menschheit, ohne dass du in die Stille gehst, um darin, was du Bist und was du nicht Bist, zu erkennen in der Morgenröte eines neuen schöpferkräftigen Äons. Du tauchst in eine See von Plagen, wenn du in den Weltereignissen nur dich am Werke siehst und ohne Meiner zu bedürfen.

Was aber sein soll, ist Mein Angebinde und Mein spielerischer Speer, kann Ich dir frei heraus versichern, und somit soll es deiner Ichheit angelegen sein, dich Meinem Willen und Befehl vollends dahinzugeben.

Was immer leuchtet, leuchtet auf von Mir und findet seine Wonne im vollendeten Gehorchen. Wo immer du auf Meiner Spur einhergehst, eil' Ich dir auf flinken Füssen ungesäumt entgegen, um dich unverzüglich als der Meine, wie die Meinige, galant und festlich zu begrüssen. Schon stimmen die Gerechten dieser Zeit die Instrumente, um dich würdig zu empfangen in der auserwählten Schar. Mein bist du mit allem Vorbehalt, den Ich verkünde, Mein auf vielbewegter Spur genauso, wie in der

Unendlichkeit des Herzensfriedens, den Ich den Getreuen Meiner Zunft vertrauensvoll gewähr'.

3.11

Hier Bin Ich Meiner eignen Jagdtrophäe Silberkelch im Grünen einer Zeit, die keine ist, weil, was vorübergeht, Mich nicht berührt, und was in etwa war, das hab' Ich längst vergessen. Ich Bin und weiss zu schätzen, welche Kräfte Mir damit zu Füssen liegen, welcher Weisheit Ich Mich stets bedienen kann, um aufzuforsten was Ich will und Fettgeword'nes abzuspecken in der Gloriole Meiner Taten.

Nicht *Ich* Bin stets auf Wanderschaft bedacht, doch sind es Myriaden, die in Meinen Diensten stehn und ihre Blicke in Mein lichterfülltes Antlitz tauchen. Ausser allem Bin Ich, tragend alles doch in Mir, es zu befördern und zu benedeien auf der Schöpferliebe Lichterspur. Mir gefällig ist, was Ich erhalte, von Mir ausgeklügelt das System, das Ich voll Verve und Energie im Sein erhalte, seiner Mitte eingeschrieben.

Ich halte Hof an jeder Stelle Meines Selbstscheinens und belebe, was Ich Bin, mit myriadenfach gewundenen Strukturen, atmend ihren Duft und überschauend, was sie sich gewähren. Allianz auf höchstem Niveau ist hier angesagt und ausgesprochen, Fürbitt an der Stelle göttlicher Gewähr, die Ich Mir im Allwesen anerbiete. Was ist nun Trautheit, wenn nicht diese, was erwiesne Heiterkeit, wenn nicht das ewig Heitere, das Ich Mir Bin und das Glückselige in Meinen Seinsbezügen?

Wache auf in Mir, sag' Ich dir an, und *sei* erstrahlendes Bewusstsein, ebenmässig, flink und feurig, tatenfreudig, vif und seelenvoll in Mir.

3.12

Noch immer staunt Mein wachendes Gemüt den grandiosen Willen an, den Ich begeistert in Mir fühle. Da wallt und wogt es selbstverständlich in Mir, neuen Zielen resolut, wohlüberlegt und tatenfroh entgegen. Werte schaffend, Zeiten raffend durchschreite Ich Äonen und bewege und vergebe Mich recht gütevoll in ihnen.

Kein Bild von Mir hat einer je gesehn, derweil Ich bildend und gestaltend Meiner Wege ging. Grundsätzliches lass' Ich gewandt und teilnahmsvoll in unerhörte Weiten fahren; Voluminöses fass' Ich locker an und ziseliere es, wie es die Sinnkraft fordert, im natürlichen Elan.

Wer Meine Stärken kennt, wird niemals Mängel darin finden; denn was Ich im Gedankenschstoss kreiere, wird in Vollkommenheit gebettet, eh' es Wahrhaftigkeit und Wirkung zeitigt im erhabenen Allhier. Banalitäten unterlasse Ich genauso wie das Abgedroschene und wende Mich Erprobtem zu, um immerzu den Zauber des Erspriesslichen und Graziösen zu geniessen.

Demnach ist es nicht verwunderlich, wenn Meine Züge alle Minderen schachmatt erklären im bedeutenden und weltgewandten Spiel, das Ich betreibe. Was immer nützlich ist, nützt auch den vielen, denen Ich Gevatter, Partner und Gefährte bin im sagenhaften Nimbus, den Ich um Mich breite.

Wer immer Mich agieren sieht, kann Allerbestes von Mir lernen, wer Mich begreift, versteht die Welt und lässt es bleiben, sich an ihrer Schönheit zu vergreifen. Ich trage auf, was jederzeit bekömmlich, tunlich und ergötzlich ist und speise Meine Brüder mit bewundernswürdigem Erbarmen. Was soll's nun, wenn Ich von der Szene trete? Folge Mir im Nu und lass Mich nimmer aus den Augen, dass dein Stil sich mählich bessert ob dem Studium, das du an Mir betreibst zu deinen - wie zu Meinen Gunsten. Ich sage dir, ermanne dich zu grossen Taten, derweil Ich deiner Künste Teil und Tabernakel bin in Demut, ohne dessen Mich zu rühmen.

Bleibst du, wo du bist, entschwindet dir der Fortschritt, der sich in die Zukunft wendet und schliesslich in der Minne Gottes endet ohne Zweifel, an der Wonne der Gerechten, Ausgezeichneten und Liebgewordenen in Mir.

3.13
Versilbern wohl, doch um die Sache zu vergolden, braucht es einen wahren Könner seines Faches, der Ich Bin und der da mit dem edelsten der Schmelzmetalle umzugehen weiss seit aller Zeit im Wunderbaren. Ich halte und erhalte Seinsgesellen zur Genüge, denen Ich, was da zu tun ist, meisterlich und eloquent vor das Gewissen treibe. Sie sind es, die noch jeden Tanz, den Ich erdacht, mit Wonne und Gewissenhaftigkeit vollführen. Aus der Pfanne quillt verräterischer Rauch, und just im rechten Augenblick muss das Geschmolzene dem Tigel eingegossen werden, damit ein Wurf entstehen kann von ausgesuchter Reinheit der Verfassung, glänzend, morgenschön. So will Ich, was Ich immer will, ins Wesenhafte deiner Zeit entführen; damit aber weht ein Hauch von Meiner Götterkompetenz in deine über.

Lass es dir gesagt sein, dass ausser Mir nichts existieren kann und dass in Mir die Hähne nach dem Morgen kräh'n, damit die Hennen zeitig ihre Eier legen. Du auch mutest dir Gefühle zu, die Meine sind, du denkst, derweil *Ich* alles Denken kraftvoll in Mir trage. Das zu wissen, zeitigt dein erhabnes Wohl in Meinem Weltbegründen und lässt dich gnädiglich an Mir erwarmen. Trautheit spend' Ich dir und Götterwillen, radikale Einigung, sowie du strahlende Bewusstheit deiner selbst erlangst in Mir. Trefflich lässt sich in des Seins Gefieder wohnen; schwer in Nöten schläfst du bei dir ein, um kummerlos und selig wieder in Mir zu erwachen in den Weiten eines neuen Weltbewusstseins, als Verklärter und Gesegneter, Beglückter und Vollendeter von Meinen eminenten Gnaden.

3.14

Ungegenständliches wird bald einmal als wirklich anerkannt und hoch geachtet werden. Mein Dasein ist kein Trug und Meine Nähe kannst du, wenn du fühlig wirst, inständig spüren. Wie rot und reizend sind doch Meine Seinsgebiete, denen Ich auf Jahr und Tag verpflichtet bin und die sich ständig modulieren müssen, um nicht ins Unerhebliche und Mangelhafte abzugleiten. Meine Rechte sind seit eh und je präzise definiert und sind den deinen haushoch überlegen, denn sie *sind,* derweil die deinen nur ein unbeständiges Geflunker und Gebräu repräsentieren.

Ich werte ständig auf, derweil du allergrösste Mühe hast, das Wesen dessen, was du Bist, gehörig aufrecht zu erhalten. So Bin Ich denn dein Kläger und dein Richter, ungesehn und dennoch effizient und wirksam bis zu deinem jüngsten Tage, wo du einsiehst, welche Kräfte und Manierlichkeiten ständig in dir überwiegen.

Du bist aufgerufen, einen Dialog mit Mir zu führen, der von deinem Ende bis zu Meinem Anfang reicht, das heisst, von deinem Nichts-mehr-sein-zu-Wollen bis zu Meinem All-Sein in der Wirklichkeit der Sphären. Radikal und unerbittlich haben die Gewichte deines Lebens sich zu Meinen Gunsten zu verschieben, bis sie allesamt auf Meinem Feld platziert sind, wo ihr Dasein seine volle Würde und den Gottesglanz erhält, der ihnen zusteht seit Äonen.

Du bist nicht minder, wie Ich Bin, des Seins erhabenes Gesellschaftsritual, das wie aus dem Nichts hervorgeht und sich wieder unerkenntlich macht, indem es sich in Mich verwandelt ganz und gar. Das aber ist die höchste Form der Audienz, die Ich der eignen Wesenschaft gewähre, indem Ich Mein Gebild vollends in Meine Bildung integriere, ununterscheidbar eins und einig, seinsglückselig, unverwundbar, sakrosankt und sinngerecht in Mir.

3.15
Tatendrängenden Gewissens weite Ich Mein Sinnen unaufhörlich in die Unermesslichkeit der Himmelssphären. Immer Bin Ich da, wo ein veritables Dort entsteht im Grenzenlosen. Meines Handelns Freipass liegt im unbeschränkten Wittern neuer Möglichkeiten, Mich im All zu etablieren und dem Fortschritt neue Werte zuzuschreiben. Nimmersatt und immergut versend *Ich* das, was im Unendlichen geschieht und seine Konsequenzen zeitigt überall und legendär.

Mensch, du sitzest, einer ahnungslosen Möwe gleich, auf deinem Pünktchen und scheinst weder ein noch aus zu wissen, der akuten Platznot wegen, die sich dir zunehmend präsentiert. Mit ein Grund, sich zu vergeistigen, statt zu vermehren, um so die Lebensfackel mählich aufs Bekömmlichste und Zukunftsträchtigste hinanzuführen. Mir selber treu, Bin Ich auch treu und liebedurstig in den Meinen, die wie nichts der Klärung ihres Hierseins im erklärten Geistessinn bedürfen. Das nun mach' Ich dauernd wahr, indem Ich dein Begreifen der akuten Seinswahrhaftigkeit verstärke und dich so grundsätzlich und gediegen zu der Meinen führe. Taufrisch im ewigen Bestande sollst du dich beizeiten sehn, um deine Sendung zu erfüllen, deine Frohheit zu erlangen und dich auf ewig wohlzufühlen im von Mir gesegneten Allhier.

3.16

Mangelndes Interesse an der Schrift und stürmische Geschäfte bringen es mit sich, dass so viele, wie ständig streitende Raben, ihren Lebenszweck auf der untersten Stufe versehn und wie wertlos im Winde flatternde Lumpen - Getriebene sind vor dem Auge der Gottheit, nicht - mehr.

Ihnen fehlt die Anmut der Schmetterlinge, die sich dem bewundernden Blick -ihrer Grazie bewusst- präsentieren. Du aber, was du? Wann begreifst du dich selber und machst dir kein Hehl mehr daraus, wie nichtig und kläglich du bist, solang dich nicht *Meine* Gebärde befruchtet und du ihr gewahr wirst in deinem blutleeren Juhee.

Der Älpler singt, auf der friedvollen Höhe Mir nah, die Taube gurrt auf dem lärmigen Platze und fühlt sich in ihrem Dasein geborgen, derweil sie verständiger ist ohne Verstand, als die klüglichen Menschen.

Was du *nicht* Bist halt' Ich dir vor und stelle dir die Schönheit und Erhabenheit der Gottesfreundschaft vor die staunenden Augen. All deine Mängel gleich' Ich aus, wenn du nur Hofrat bei dir hältst und Mich um Gnade bittest in der Tage Not, die dich beschreien und dir Kläger sind und Klärer zugleich in der Morgenröte Meines Dich-Begütens. Elan und Einsicht braucht es, um Meinem Wort gemäss zu leben und die Hürden allesamt mit Schwung zu nehmen, die sich dir wie Mir entgegenstellen im bewegten Gottesjahr.

Was dir Mein Aufruf bringt, ist, deine Sache zu ergreifen. Was sich beglückend um dich legt, ist Meines Seinsverbindens Grazie, wenn du nur willst dich seiner recht bedienen.

3.17
Lebensfroh und heiter ist Mein Auftritt überall, wo ausserordentlicher Charme versprüht und Grosses ausgesagt, geleistet und vollendet werden soll. Wo pack ich's an, wird mancher fragen? Dort, wo das Schwierige besond're Leistungen verlangt und das Besondere in Anmut glänzen muss vor aller Augen. Mir kann es nicht egal sein, wo die Trümpfe ausgespielt und wo gestochen wird, weil es Mir stets obliegt, den Spiellauf zu beherrschen und die hitzige Partie als Sieger zu beenden.

Nur wer am Werk getestet und gefeiert ist, kann das Unsterbliche erreichen. Zahlreiche Monumente, Geisteswürfe und Erfindungen beweisen das. Dabei mach' Ich so vieles wahr, was andere nicht können und was göttliches Geschick erfordert auf dem schicken Erdenplan. Wohlüberlegt ist, was sich wie von selber zu gestalten scheint und was Verbindungen erfordert von unendlich krasser Vielfalt, wie von klassischem Vermögen. Aufbewahrt auf ewig ist es in den Geistannalen und verteilt sich wunderbarerweise an das Weltgewissen, um Balance und Bewunderung, Tradition und Festlichkeit hervorzurufen.

So lohnt es sich, in allem *in* zu sein und auch für dich, dem Allerhöchsten zuzustreben. Ich Bin, und - Bist auch du, will Ich besorgt und gütig fragen? Eine Antwort musst du selber geben und dazu ein Hoch auf den Verfasser, der schon alles überlegt, erreicht und gutgeschrieben hat. Bist du, so Bist du stets in

Ihm und darfst die Gnade, die Verbindlichkeit und sein immenses Renommee glückselig in dir spüren.

3.18
Kastellan der guten Hoffnung Bin Ich Mir in einer Weise, dass du staunen würdest, wenn du wüsstest, wie. Ich trete auf im strahlenden Bewusstsein, dass sich alles, was Ich will, aufs Makelloseste erfüllt und Mir die Riesenkraft bestätigt, über die Ich freien Sinns verfüge.
 Gewandt, gewohnt, verwöhnt und gravitätisch ducke Ich Mich nieder und überwinde dann im Meistersprung Distanzen, die noch jedes anvisierte Ziel zum Fürchten bringen. Es ist ein Geistessprung, den Ich vollführe, ein Versetzen Meiner selbst in Räume, die galant Unendliches in sich tragen. So steht es Mir wohl an, höchst unbescheiden, wählerisch und forsch zu sein und bald auch wieder still in Mich gekehrt, mit *dem* zufrieden, was Ich eben an Mir habe.
 Es sträuben sich die Federn Meiner Flugkunst, wenn Ich punktgenau dort lande, wo Ich's Mir versah. Auf den Punkt gebracht heisst das: Ich wiege Meinen Wert in Stationen reger Pünktlichkeit und Präzision und lasse Mir nicht das Geringste Missliche zuschulden kommen in der meisterlichen Strategie, die Ich geflissentlich verfolge. Tradition ist bei Mir grossgeschrieben und grösser noch die vorwärtsdrängende Betriebsamkeit, die Mich nichts fahren lässt, was Ich mit Vehemenz und Zuversicht begonnen habe. Steht Mir auch noch so viel bevor, Ich schaffe alles auf und ab nach dem berühmten Grundsatz: Soll und Haben liegt im Rhythmus der Geschwindigkeit, mit der Ich lustvoll operiere.
 So trage Ich Mein Heil in eignen Händen und biete Meinen Tanz der Allgemeinheit an, damit sie von

ihm etwas lerne. Ich unterweise eine Welt in Sachen Seinsgerechtigkeit und Menschenwürde, Tapferkeit und Tugend mit erlesner Sattelfestigkeit und unversieglichem Humor. So wirke Ich in Meinen Wundern Massgeschneidertes und Seinserhabenes zugleich und lasse Mich von denen tüchtig feiern, die Mich liebgewonnen haben. Merkpunkt Meiner selbst Bin Ich, bedeutend auch für sie und helfe ihnen fein und wirksam, sich in Meinem Reich zurechtzufinden. Du auch sollst dich nicht genieren, nach dem Schiffbruch Aufbruch zu erfahren, um in Mir in seligem Geflüster Fabelhaftigkeit und Freiheit, Seelensicherheit und Herzenswonne zu geniessen.

3.19
Mobilität und Sein stehn sich in Meiner Ansicht wie zwei ferne Pole gegenüber, die beständig mit unendlicher Gewandtheit und Entschiedenheit um Kunden werben. Da ist es nun die Krux für viele, dass sie sich schlussendlich für das eine oder andere entscheiden müssen in der Lebenszeiten Sucht und Spiel. Hingegen pflege Ich die Einsicht, dass noch jede wohlbemessene Tat gehörig aus dem Sein hervorbricht, um sich auf der Lebensbühne darzustellen.

Recht verschieden voneinander sind die beiden Wirklichkeiten, die sich gegenseitig auszuschliessen scheinen. Ich aber sage dir: In Mir sind beide Eins und sind untrennbar in der Bruderschaft der Sterne mit dem All verbunden. Bist du denn in Mir, ist alles in demselben Sinn und in der derselben Seele aufgelöst, geregelt und gekonnt und wohlbewahrt und rein und selig aufgehoben.

3.20

Neutral ist immer auch banal in Meinen runden Äusserungen und Gepflogenheiten. Ich mische Mich in alles ein, was *ist,* und stehe ständig vor erheblichen Gefahren; doch ist Mein Wille so gefasst und dominant, so richterlich und seinsgerecht, dass er in allen Himmeln, Höllen und Vergnügungsstätten Ordnung schaffen kann, so wie *Ich's* meine voll von attackierenden Ideen. Dabei tendiere Ich dazu, ungesäumt ins Feld zu fahren, um noch jeder Schlacht den Siegesruhm hinzuzufügen. Breitseits, beiderseits und unerwartet zünde Ich die Lunten an und fahre wie der Blitz ins Schlachtgetümmel, um gewaltige Entscheidungen herbeizuführen.

Das ist nun einmal Meine Art, die Lebenswelten zu regieren und kein Jota nachzugeben, wo es darauf ankommt, Klarheit und Entschiedenheit zu schaffen in der Meinungen bewegtem Pool. Keineswegs mit Handschutz rühr' Ich die zerstrittenen Gemüter an und bleibe dabei doch der reine, nie verletzte, der Ich Bin, vereint mit allem was erschienen ist in Mir. Das ist Meine Grösse, Mein Refugium und Meine Hoffnung auf den allgemeinen Herzensfrieden, der da herrschen soll im Reich der göttlichen Vernunft und der gottseligen Gebärde wunderbarer Liebenswürdigkeit, die Ich bewusst und zart ins Überall verströme. Heimatglocken sollen klingen, Flötentöne milde Luft durchwehn und jede Geste der Verklärtgewordenen soll jubelndes Entzücken intonieren in der Herzenswonne sanftem Wohlgefühl.

Nun gut, so sei es und so ist es, ständig unverhohlen und bewusst in Mir und Meinen Treuen und verstrahlt sich liebevoll, wahrhaftig, unerschütterlich und weise ins Unendliche der Sphären Meiner Gegenwart und Meines leis verlockenden und feingestimmten Rufens.

3.21
Golden Gate heisst Meine Brücke zu den vielen, die sehnsüchtig und entschieden auf Erlösung harren von der Not der Nöte und der Unrast, die sie durch die Lebensgassen treibt im Zeitenlos.

Das ist bitter und verlangt nach Süsse, die vom Himmel niederrieselt, hell und graziös. Denn da ist einer, der erreicht hat, was die vielen meinen, der sich nun zurücklehnt in der Euphorie holdseliger Gedanken, die von Liebe warm und von der Geistessonne reif geworden sind im Unergründlichen.

Was wie ein Märchen tönt, ist hier verbindlich Wirklichkeit geworden und erstreckt sich über alle Lande Meines segensreichen Wirkens und Gedeihens wunderbar. Die Kraft des guten Willens und der Herzensgüte ist es, die Erbarmen schafft am Sein der Welten wie am Sinngedicht, das sie geflissentlich verstrahlen. Alle, alle Wohlbehüteten gesellen sich zur Heerschar der Erhabenen, wie der gottseligen Gemeinde derer, die ihr Sein begriffen haben und den Duft des wahren Sinngerechten und Erbaulichen, der in ihm offenliegt.

Das ist nun die Lösung aller wuchernden Lianen und die Rezeptur für freies Aneinanderfügen trefflicher Gestaltungen und seelenvoller Melodien. Heil im Heil Bin Ich geworden, darf sich der Gesegnete beständig wiederholen und - Geliebter des Allhöchsten, der Ich Bin, im seinsbewussten, redlichen und glückerfüllten Freudenmeer.

3.22
Was vermehrt den Glauben an dich selbst und dein Betragen, wenn nicht Meine stete Gegenwart in dir? Nimmer wirst du Rast noch Ruhe finden, bis du Meinen Hauch der göttlichen Vernunft verspürt hast

und dich künftig von ihm führen lässest durch der Lebenszeiten Sucht und Sorgensaal. Wohin nun mit dem Wissen um die Einigkeit mit Mir und um die Benedeiung, die daraus erspriesst? Ins ewige Gesunden, sag' Ich dir mit reiner Überzeugung an, wie in den Inbegriff der Freude an dir selbst und damit in das himmelweite Freisein von jedwelcher Widrigkeit, Kalamität, Unmöglichkeit und raschelnder Begier.

Wer wollte dem nicht unverzagt hofieren, der so viel Wohlbekömmlichkeit verspricht und sich anheischig macht, das Dasein mit Unsterblichkeit und Weisheit, Eleganz und Zartheit zu erfüllen? "Dieser Weg Bin Ich," darf Ich dir füglich und bewusst erklären und dich mit dem gold'nen Lamm auf deiner Stirn bezeichnen, das noch alle Seinsgesegneten, Wahrhaftigen und Regelrechten auf sich tragen.

Nicht so und anders, sondern einfach dieser Art Bist du in Meinem Dich-Begründen, derweil du schlicht an Meinem Hofe weilen darfst, geehrt und willig, siebenfach beglückt und heiter, Jahr um Jahr.

3.23
Ich schaue und durchschaue dich, Mein Pfand für Sinn und Zweck und Mein genieversprühendes Idol. Dem Lebensbund verpflichtet, den Ich mit dir einging, ist Mein Auge, Meine Kraft und Mein lebendiges Vermögen seit Urgedenken und in allen Formen, die Ich Mir dafür erdacht. Ich weide Mich am Fortschritt, den du zeitigst, und verstumme vor den Qualen, die du dir bereitest im Vergessen Meiner Huld und Wohlgesinntheit. Wohnst du in der Zeit, so wohnst du in dem Schlosse, das Ich dir bewusst und liebevoll bereitet habe. Dein Leib ist eine Wohnstatt namenloser Nützlichkeit und von einem Charme, der göttliches Genie und wunder-

bare Schönheit offenbart. Und weisst du das, magst du vergnügt und heiter tanzen vor Begeisterung am Sein und Leben, wie's die unbeschwerten Kindlein tun; denn Meine Vaterwürde kann dich nie verlassen und verlässt sich demnach auch auf deine Unbescholtenheit im tüchtigen Agieren.

Du Wanderer auf Erdenpfaden sollst dir mählich und bestimmt bewusst sein, dass Ich dich begleite, ja, dass Ich deinem Tun und Lassen füglich innewohne, um es zu einem Fest der Folgerichtigkeit und Dankbarkeit zu stilisieren. Geläuterten Gewissens trittst du in die Sphäre Meiner Gottnatur in dir und erkennst Mein Wesen als das deine in gottseliger Manier. Es windet sich das Sein in dir zu reiner Eigenheit empor und vergoldet deine Tage mit dem Morgenschimmer seiner Allpräsenz und seines sonnenhaften Liebesstrahlens.

4

Ritterlich geadeltes Benehmen

4.1

Natürlichkeit und ritterlich geadeltes Benehmen sind die Gemarke Meines Handelns im Allhier. Sie sind Mein Halt, wenn alle Stricke längst gerissen sind, und nähren Mein erhabnes Selbstgefühl, wenn alle andern Quellen höchstens noch als Rinnsal fliessen. Dass Ich Mich an bestimmte Regeln halte, kommt Mir nicht von ungefähr in Sinn, denn Ich hab sie allesamt in eigener Regie entworfen und am eignen Leib geprüft und nachgebessert, bis sie ewig brauchbar und vollkommen waren.

Brichst du sie, so geht dir effektiv ein lieber Schatz verloren, der dich galant und sicher durch die Lebenszeiten führte. Zudem führte er dich auch zu Mir, dem grossen Fürsprech und Galan in allen noch so zwitterhaften Episoden, die dir täglich widerfuhren. Höfliche Gesinnung gegen alle Welt heisst schliesslich auch dezente Höflichkeit und Sitte gegenüber Mir, der sich sowohl im Anstand übt, wie in der Tugend der Gelassenheit, die dir am Allerbesten anstehn würde.

Was ist es nun, das Mich zu so viel Qualität und Pietät, Vernünftigkeit und Edelmut befähigt auf der Linie ganzer Generationen, denen Ich Gevatter und Behüter, Glanzpunkt und verheissungsvolle Glorie bin in ihrem Ständig-an-sich-selber-Wüten? Es ist die Fülle allen Seins, die Mich und alle Seinsgerechten bestens ziert im Handeln, wie im Ruhn, im Hochsitz des Befehlens, wie im wohlbedachten Dienst an allem, was da *ist* und was die Götter und Gelehrten dazu meinen.

Ich kneife nicht, wenn's brenzlig wird und lass' Mich selber niemals kneifen, weil so viel an Majestät und Übersicht, Bewusstheit und Genie gar nicht gekniffen werden kann. Denn Übersinnliches ist nicht mit Gräten und Gedärm durchzogen und gehabt sich schon im Ansatz viel dezenter und subtiler als das Völkchen, das den Erdplaneten schlechterdings und rechterdings belebt. Meinem Mich-Begründen ist das All beschieden und Mein Können zieht sich über Universenräume hin. So bist du denn ein Nichts, auf Mich bezogen, und Bist doch alles in der Einheit allen Seins, das alles kennt, an dessen Pforte Frieden herrscht und dessen Räume schwingende Glückseligkeit, Bewusstheit, Heiterkeit und ausgesuchte Zartheit des Gewissens atmen.

4.2
Reell und irreell, mit allen Schlichen und Methoden, sind die Vielen stets versucht, sich gegenseitig auszustechen, sowie sich ganz bei ihrer Wirklichkeit zu etablieren. Bei Gott, es kann nur *eine* geben und dennoch scheinen es dem Weltenbürger zwei, die eine, die er sieht, die andre ins Unendliche ehoben.
 Dazu sage Ich: Um diesem Rätsel auf die Spur zu kommen, braucht es für das Menschenvolk ein neu entfaltetes Bewusstsein, das im Seinserkennen seine Situation im All goldrichtig einzuschätzen weiss. Dann kommt zum Tragen, dass du Bist und dass Ich Bin das Ewige an sich in wunderbar geschniegeltem, besiegeltem und offenbaren Selbsterscheinen. Somit setzt sich das Unendliche und unerklärlich Scheinende gekonnt und folgerichtig in die eigne Szenerie und vollführt dort einen Ringeltanz von fabelhaftem Ausmass, dem noch alle wesenhaft daran Beteiligten gebührend Achtung und Ergebenheit bezeugen müssen.
 Das ist nun recht und gut und dennoch reicht es vielen nicht für ein zutiefst erstrebenswertes Dasein in vollendeter Zufriedenheit und namenlos bewundernswertem Herzensfrieden. Nur wenn du nichts mehr wünschest, bist du wahrhaft gross, will Ich dir

dazu zu sagen. Und wenn du klein bist vor dir selber, magst du recht erfassen, was das Sein bedeutet in der überaus gefälligen Allherrlichkeit der Sphären. Leiste dir den Aufbruch - und du trägst dich siegreich himmelan, halte dich im Stillen - und du darfst an dir das Wunder der Erhebung ins Erhabene erfahren.

4.3
Ich Bin das Wesen der unendlichen Geduld an Meiner eignen Zwitterhaftigkeit im Kommen und Vergehn, im Aufbruch wie im Stillestehn, als in der Widersprüchlichkeit der vielbewegten Lebenszeiten. Es lassen sich, es passen sich die Dinge dauernd an, und Mein allherrliches Verlangen ist es, ihren Wandel wirkungsvoll und sachgerecht zu zähmen.

Wohl bekomm's, ist da vernunftgemäss zu sagen und wohl bekommt es dir wie Mir, wenn sich das höhere Bewusstsein rege machen kann, das in sich selbst verankert ist und Unbedingtheit, Tüchtigkeit und Fülle generiert.

Gehst du vor, wird *Es* a tout prix mit dir vorgehn, hältst du dich zurück, wird *Es* dir ebenso die Stange halten, treu und tapfer, liebevoll und wunderbar.

Wie kommt es, dass du heiter bist, sogar an trüb verhangenen Tagen? Weil dir Mein Da-Sein Wachheit und Vertrauen, Würde, Wohlfahrt, Heil und Tugend einflösst. Das macht alles gut, was du verbrochen, und besänftigt jeden Wind, der dich gewaltsam aus der Gottesruhe bringen will im Andersartigen.

4.4

Der Vater aller Dinge prägt sein Siegel allem ein, was *ist* und was bestimmt ist, märchenhafte Zeiten zu erleben. Du bist eines der Geschöpfe, denen Ich Holdseligkeit und langen Atem, Herzensfrieden und Genie beschieden habe. Das Bewusstsein von dir selbst in namenlos gesättigter Geduld zu mehren, ist Mein Hochgebot und allerinnigstes Verlangen. Leicht und locker sollst du werden beim Gedanken an das Ziel, das dir von Mir bereitet ist im Sein der Welten, denen dein Bewusstsein wunderbarerweise angehört seit Ewigkeiten. Höre: Wo Ich Bin im unermessnen Sternenraum, da ist auch deinem Seinsgewissen eine Stätte des holdseligen Verweilens zugemessen. Weiten soll sich deine Seele ins Unendliche der Himmelssphären, um in Mir, dem reinen Sein, die reine Ruh' zu finden. Seligkeit und Harmonie sind hier die dominanten Kräfte, die sich dir vermählen und damit dein Glück besiegeln, wo du immer Bist zu Himmelszeiten und gelegentlichen Erdgebundenheiten.

Es ist ein menschengöttliches Kalkül, das Ich seit eh und je von Meiner Innigkeit ins strahlende Erscheinen trage. Du Bist, derweil Ich in dir Bin der Schöpfer aller deiner wunderbar gestalteten Lebendigkeiten. Deines Wesens Wirklichkeit ist haargenau identisch mit der Meinen und ist Sein vom Sein und Geist vom Geist im selben licht-erfüllten Zuge.

So geb' Ich Mich in liebevoller Weise deinem Sinnen zu erkennen und gewähre ihm das Vorrecht, in der stillsten Herzensstille die Glückseligkeit Elysiens in dir zu sehn.

Wandle dich und sei! ist die Devise aller Zeit im Zeitlichen und nimm damit gebührend Anteil an dem Wonnesein der strahlenden Unendlichkeiten.

4.5
Worum du dich auch scheren magst, du scherst dich immerzu um *Meine* Weiden. Alles, was unwissentlich vor deinen Blicken fesselnd ruht, ist Meinem Seinsverbund Errungenschaft und wohlgefällige Habe. Du sitzest wie in einem Honigtopf, in einem Pool von preziösen Gütern, die allesamt, zu deinem Wohl erdacht und aufgerichtet, sich an dich vergeben.
Wie kommt es, dass du dich zum Herren solcher Köstlichkeiten aufwirfst, ohne dich zu fragen, welchen Ursprungs und Gewährs sie sind in ihrem Nutzwert und Zu-dir-Gelangen. Sähst du ein, o Menschheit, dass dir nichts von allem, was da *ist*, gehört, du würdest es gewiss verwalten und gestalten nach dem Masse dessen, der es einstens dir verliehen.
Nimm und gib und trage Götterfunken zu den deinen, die die Meinen sind, damit sich das verwirklicht, was Ich will: Das Wohl der Herzen, Wünschelosigkeit und Dankbarkeit für was Ich dir beschieden. Nicht zu viel und nicht zu wenig soll es sein, was dich in *Meinem* Sinne taufrisch durch das Leben dirigiert. Glück ist, sich verschenkend, in der Welt zu stehn, Anmut: jede Geste des Sich-Mir-Vereinens mit liebevollem Lächeln zu verseh'n.

4.6
Kulinarische Genüsse mögen reizend und geschmackvoll sein und sind gewiss nicht zu verachten, geistige hingegen hinterlassen weitaus wohlbekömmlichere Spuren. Sättigung im Weltensinne ruft schon bald nach mehr, geistgeprägte hinterlässt ein unauslöschlich Merkmal, das sich als Weisung und Gewinn erweist am Weg in unermessne Weiten. Ich staune, wie viel blitzgescheite

Bürger dies noch keineswegs begriffen haben und befangen sind im Schlendrian des Schlemmens auf jedwelche Art, die sie nur korpulenter macht, betuchter oder weltgewandter.

  Ohne Zweifel kann dies nicht genügen, denn die Seele sucht sich selber und die Welt mit Argumenten zu verseh'n, die ihrem Dasein Sinn verleihen, Grund und Zukunftsträchtigkeit in überzeugender Manier. Da kommt zum Zug, was Ich betreibe: eine wohldurchdachte Strategie von Anmut, Disziplin, Geschäftigkeit und Herzensbildung, die auf geistige Hintergründe schliessen lässt von Meiner Finissage. Gewandtheit im Vergeben zeichnet Mich da aus, wo Fehler unvermeidlich sind und wo gelernt wird, sich nach göttlicher Vollendung zu betragen. Ich werte auf, was scheu darniederliegt und wappne die Gemüter mit der Sicherheit des Absoluten, der kein noch so tückisches Geplänkel widersteht. Wach auf, befehl' Ich dir, und trage Sorge zu dem, was Ich als Geisteskeim in dich gelegt, damit er wohl gedeihe und dir schliesslich eine Welt von makelloser Einheit mit sich selbst, von Vertrautheit mit dem Ewigen und von Erhabenheit im Göttersinne offenbart.

4.7
Klare Sicht von klugen Köpfen, Reichtum der Gedanken und Bewusstheit in Perfectum sind das ideale Seinsgeschwader, das dich zur Erhabenheit der Sterne führt. Was klingt, verklingt auch wieder, was geschöpflich ist, muss neuen Idealen weichen. Nur das Ich Bin besteht in wunderbarer Seinsbeständigkeit und überwältigendem Sich-Verstrahlen.

  Hast du den Faden zu Mir aufgenommen, brennt er bald wie Zunder und versprüht sein Licht an alle, die es sehnlich suchen. Der Clou ist, dass du dich in allem sehnlich selber suchst. Es findet sich, was sich so finden will, in Eins und Einigkeit zusammen und befindet sich darob in Meinem Liebesgarten. Das gibt ein Pärchen ganz nach Meinem Ideal. Es schüttelt sich und räuspert sich und blickt sich in die Augen und hält sich nah und hält sich fern in nimmermüdem Seinsallotria. Sie leben ihr Geschick und sind von Mir ein Zeichen der Beständigkeit im Hasten wie im Ruhn und lieben sich und meiden sich im Sturm und Drange ihrer Taten. Was sie nicht schert, ist *Meines* Daseins Wert, und was sie klüglich denken, ist Denken nicht von Mir. Das macht, dass sie sich einsam fühlen und nach Mehrheit streben, die ins Myriadenfache zielt. Nun ist sie gewonnen und die Woge schwappt zur Einsicht und zur Einheit über mit dem All, in dem Ich Bin. Schlussendlich atmet alles Seinsgeborgenheit, Glückseligkeit und permanenten Frieden.

4.8
Ich referiere und du hörst Mir zu voll Andacht und - Ergebenheit in was Ich dir befehle. Es sind des Daseins Tücken, welche dich wie raue Winde hin- und herspedieren, so dass du rudern musst nach Kräften, um dich über Wasser und damit bei guter Laune und Vergnüglichkeit zu halten. Dabei ist eines aber nicht bequem: Du kannst nicht wissen, wo die Lebensreise hingeht, über Stock und Stein und unter schmetternden Gewittern, bangen Nächten, kargem Sonnenritual.
 Da liegt es doch an Mir, dir tröstliches Gedankengut zu spenden und dich in die Lage zu versetzen, allen Widrigkeiten Trotz zu bieten, trächtigen Gewissens und dich damit vollends zu sanieren, lebend, webend, strebend wunderbarerweis' in Mir.

Ich Bin der Hüter aller Meiner Lieben, und deine Pflicht und Schuldigkeit ist es, dich ohne jeden Vorbehalt Mir hinzugeben. Es ist das Opfer deiner kleinen Selbstheit, das Ich unbedingt von dir verlange, um dich darauf mit dem grandiosen Weltensein bedenken und beschenken und zu ihm erhöh'n zu können.

Das ist deine wahre Zukunft, dass du ins Sein getragen bist und in ihm geheiligt und geliebt, glückselig und von einer Heerschar guter Geister schwebeleicht und liebelicht umgeben.

4.9

Es äussert sich das eine, das Ich Bin, in der Geschichte durch die Sänger und Propheten, Wüstenwanderer und Seher dessen, was da *ist* als unbestechlich und unsterblich Teil in jedem lebenstüchtigen Geschöpf seit Urgedenken. Um das gebührend zu erkennen und in Würde aufzu-fassen, braucht es Intuition, die Ich in jede offene Seele senke, ihrem Feingefühl gemäss.

Da hebt nun ein beständig ruhmreich Kämpfen zwischen Intellekt und schwebender Empfindung an, die beide wissen wollen und aufs Innigste begreifen. An dir liegt es, den rechten Ausgleich und damit das Wohlgefühl des Weltenseins zu pflegen, das Mir so sehr am Herzen liegt.

Bewahre, was du weisst, und wende es in deinem Dich-Beherrschen an so lange, bis du Herrschaft über dich erlangst und damit Meinem Rufe folgen kannst nach Übersicht, Gehorsam, Makellosigkeit und lächelnder Vertrautheit mit dem Ewigen.

4.10

Ich schaffe es, Mir selbst beliebt und sternentoll zu sein in Meinen klug gefassten Ambitionen. Mit Kennerblick gewahre Ich allüberall, was vor sich geht und greife gütig, wohlgemeint und weise ein, wo immer sich bedauernswerte Mängel zeigen. Mein Werk ist hochgespannter als die kühnsten baulichen Strukturen deiner Art und Weise, himmelan zu streben. Nicht gilt für Mich das Sprichwort: "Hoch hinaus fällt tief", denn Meine Höhen sind der Schwerkraft nimmer unterworfen.

Schau nun zu, dass alles, was du unternimmst, zum Vornherein Mein Werk nicht im Geringsten störe. Denn es ist von A bis Z vollkommen und verrichtet seinen Dienst in wunderbar gediegner Weise ohne den geringsten Anlass zum Remedium und zur gerissnen Korrektur.

Was bei Mir aus dem Rahmen fällt, ist immer noch so sauber und gefällig, dass es weder Anstoss noch Verwunderung erregt und von allen Weltenbürgern mit Hallo und Staunen aufgenommen wird in ihrem eher anspruchslosen und bescheidenen Benehmen.

Wer in Mir einen Alleskönner und Allmächtigen vermutet, liegt wahrhaftig auf der rechten Spur. Denn es ist gesagt: Wer Frieden will vom ständigen Rumoren, tut gut daran, sich ohne jeden Vorbehalt an Mich zu wenden und dabei zu bedenken, wie väterlich, gefühlvoll und erhaben Ich in jedem Fall zu Werke gehe. Fein säuberlich gebündelt stosse Ich die allerbesten Kräfte ins berühmte Weltgescheh'n und verseh' es mit dem Adel und der Würde des Allhöchsten, dem dafür auch alle Ehre und Bewunderung gebührt, die man sich denken kann im Volk der menschlichen Gemüter.

Das macht, dass diese in Zufriedenheit und Tüchtigkeit erglänzen und ihr Gotteswohl galant und überzeugt in alle Winde tragen. O wie lebhaft, innig und bewegt begrüss' Ich das und habe Anlass, Mich vollends an jene zu verschenken, welche Mich als ihren König und Geliebten anerkennen, frei heraus - und Meine Worte stets wie Nachtigallensang und Herzensglut und süssen Liebeszauber um sich scharen.

4.11
Gemeinschaft bildend walle Ich von Ort zu Ort und überzeuge die Geliebten Meiner Zunft behend und sicher von der Nützlichkeit der vielverehrten Gottesgaben. Alle, alle sind an Meines Tisches Wohl geladen, alle dürfen zehren von der Köstlichkeit des Mahls, das Ich dem Gottesvolk bereite, um es zu erheben und um seine Stirne mit dem Mal der Freundschaft und Synthese zu bekränzen.

Ich trete ein für das, was Mein ist in den Sphären der Verbundenheit und liebevollen Einsicht in das Werden kapitaler Ränge und Verfügbarkeiten, die dem Wohl des Ganzen herzensfroh, manierlich und entschieden dienen. Dem Schutz der Dürftigen verpflichtet, wandre Ich von Hof zu Hof, von Dorf zu Dorf und in der Stadt zu jeder Lebensstätte und bemerke jedes dürftigen Herzens Wagnis, Ernst und Not. Und da zu helfen, ist Mein Wille immer gegenwärtig, wo der Deine Hilfe sich erbittet, Gottgefälligkeit und Wohl.

Meine glückverheissende Parole lautet: Wo Ich weile, herrschen Seinsgerechtigkeit und Frieden, wo Mein Flügel weht, besänftigt und belebt ein guter Geist die Lebensszene. Wache auf zu Mir, und du gehörst dem Bund der Gottesseligen an, die mit Mir tanzend und vereint durchs Leben gehn. Erfühle Meine Kraft - und du wirst deine wachsen und gedeihen sehn bis ins Unendliche, in dem Ich

Meister und Gebieter Bin von Angesicht zu Angesicht mit Meinen vielerfahr'nen und ins Himmelszärtliche geführten Lieben.

4.12
Vertiefe, was du weisst, zu einem Sammlerwert von unerhört bedeutungsvollen Graden. Ich hebe deinen Preis, mit allem was du Bist, in unerhörte Höhen und verdopple jedes Angebot, damit Ich dich zu Meiner Sammlung fügen kann von weltbekannten Preziosen.
Unter Druck geraten heisst: Noch tüchtiger dein Recht behaupten, als du's vordem tatest durch die Gabe der Erfindung, die Ich dir seit Urzeit schon verlieh. Jede Fährnis ist galant und spielerisch zu überwinden, wo sich *Meine* Werte zeigen und der Glanz der Hoffnung auf den Sieg Triumphe feiert über alle Massen.
Seh' dich immerdar mit Mir auf's Innigste verbunden und mache dir kein Hehl daraus, dass du dann sicher bist in jungen wie in alten Tagen, im Jubel wie im Trubel der Geschichte und besonders in der völlig unbeschwerten, sagenhaft beglückenden, entzückenden und wonnevollen Gottesruh.

4.13
Erstaunlich, was Mich immerzu herumtreibt, Harmonie zu schaffen in dem Reich der Güter und Geschwulste, Kratzer und Karambolagen. Wozu ist jede Fehde gut, wenn nicht, um nach der Kraft des Ausgleichs, der Begütigung und der Wahrhaftigkeit zu rufen?
Beginnst du, dich zu fragen, was in deinem Reich den Frieden stiftet und die Herzensruh, so bist du schon auf bestem Weg, Mich darzustellen als den

mustergültigen Kreator wahrer Ausgewogenheit und Schicklichkeit im Feld des Lebens. Ich scherze nicht, wenn Ich dir sage: Im Grund genommen Bin Ich voller Süsse, Zärtlichkeit und Grazie des Himmels, die Mich fähig macht, in jeder noch so zweifelhaften Situation die Seelenruhe aufrechtzuerhalten, die das Meisterliche offenbart und der Vernunft ein Kränzchen windet in den Daseinsregionen.

Der Clou ist, dass von Mir aus alles bis ins letzte Detail stimmt, was Ich gedankenvoll gebiete. Schlussendlich stilisiert sich jede Wendung, Welle, Wirkung, Staffelung und Seinsmanier zu einer Blüte der vollendeten Gefälligkeit in Mir und Meinen Artgenossen. Dunkel wär's, wenn nicht Mein ewig lichtes Wesen Sonnenhelle und Genügsamkeit verbreitete, denn nur im Lichte der Allherrlichkeit lässt sich gedeihlich und erfreulich überleben.

In Meinem Reich ist Dienen grossgeschrieben, was die Freundschaft fördert und die Fiktion der Einheit in ein Wirkliches und Wirkendes verwandelt. Nur im voll vertrauenden Verstehn gewähren sich die staunenden Gemüter die Gemeinschaft, die sie suchen, wie die Redlichkeit des Himmels, die die Risse überwindet und das Gegensätzliche dazu bewegt, sich zur beglückenden Synthese zu bequemen.

Dann ist das geschafft, was Ich seit Urzeit will: Hinausgehn und Mich schliesslich wieder in Mir selber heimisch finden als das Etwas, das sich bis ins Innigste und Gottesabenteuerlichste kennt und darin sein Ein und Alles, seine Wohlfahrt, Wonne, wie das Equilibrium Elysiens erfährt.

4.14

Kredit vom Rang der Millionen steht Mir jederzeit freimütig zu, derweil Ich aus der Fülle der Verheissung schöpfen kann. Niemals ist die Tonne tatenfreudiger und wirkungsvoller Kräfte leer, die Mir zu Diensten sind im Weltenmeer. Eine neue Ära grosser Wertbeständigkeit zieht auf am Horizont, in der nach Meiner Weisung nichts verdirbt und alles umgewandelt wird in höhere Potenzen und Verbindlichkeiten, Machtgefüge und Sequenzen tadelloser Fruchtbarkeit im virulenten Gottesschoss. Was *ist*, will immer reicher, stärker, wissender und wohlgefälliger am Sein und Sinnen werden, als von Mir beschickt und stimuliert nach Noten. Immer häufiger tritt auf, dass eine lebens-frohe Seele sich an ihren Eigenwert erinnert in der glanzerfüllten Geiststruktur, die ihr von Mir mit auf den Pilgerweg gegeben.

Willst du nun einer von den Klugen sein, die von *Meiner* Fülle Öl in ihre Schläuche giessen, damit die Lampe brennt und Nächtliches erhellt zur Traulichkeit der Stunden im beschaulichen Gemüt? So lässt sich alles zur Vollendung, Nützlichkeit und Anmut wenden, wenn nur der Wille da ist zur gesunden Tat und zum bedeutungsvollen Überleben.

Was du immer wirkst, ist unbedingt in Meines Sinngehalts Allüre und Gewissenhaftigkeit gegeben, denn was du Bist, ist so komplex, empfindsam, transzendierend und sich stets verändernd, dass es nimmer ohne Geisteshilfe geht, unbemerkt von dir, derweil die allerfeinsten Dinge von Mir ständigen Support und Auftrieb nötig haben. Es ist ein Bündnis ewigen Bedenkens, das Ich mit dir schliesse und von dem du Grandioses profitieren kannst, wenn du nur einsiehst, mit wie viel innigem Verständnis aller Weltendinge Ich zu Werke gehe. Denn was Ich Bin in ihnen, ist dir ein siebensiegliges Geheimnis, das von Mir im Laufschritt der Geschichte gnädig offenbart und aufgeschlossen wird, zu deinen wie zu Meinen Gunsten. Hab' nun Acht, dass alles so verläuft, wie es Mein Wille intendiert, derweil du deinen in Mich senkst mit überwältigendem Wohlgefühl.

Einigkeit macht stark, will Ich hier sagen, und Einigkeit mit Mir ist das Bedeutendste was *ist* und was Geschmeidigkeit, Untrüglichkeit und lächelnde Glückseligkeit erzeugt im liebevollen Aneinanderlehnen.

4.15
Licht von oben will Ich senden in das Menschenherz hinein, will den Vatersegen spenden, liebevoll für gross und klein. Meine Liebe gilt den vielen, die im kunterbunten Heer, treu und tapfer sind geblieben, in des Lebens Sorgenmeer. Ihnen winkt nach manchem Leide, auf der langen Weltenspur, wunderbare Herzensfreude, hoch im himmlischen Azur, wo der Geist der Stille waltet und des Seins Erhabenheit, Einigung mit Gott bedeutet, selig, sicher, sternenweit.

Niemand kennt die Gründe Meiner trefflichen und hell bewusst gehaltenen Allgegenwart in Meiner Überweltlichkeit, der Ich das wahre Sein und Sinnen attestiere. Merkwürdig ist Mir die Gelassenheit die Mich beseelt, ob soviel vielgepriesenen Talenten, die Mein Herzensgut und Meine allergrösste Zierde sind im millionenfachen Wogen.

Froh und lispelnd leite Ich, was Ich Mir Bin, in alle Regionen Meiner Seinskultur und Meiner Einheit mit Mir selbst in allen Lebensdingen, die da *sind* und ihren exquisiten Duft verströmen.

Was ist Vaterwürde, wenn nicht die bewusst gestaltete Regie über ungezählte Lande hin, die die

Ansicht von Mir selbst beständig und bemerkenswert verschönen.

Ich liebe die Verlassenheit, in der Ich Mich befinde, ungemein, um sie mit Trost und zartem Seinsgesellentum zu füllen, das da *ist* und Meine Wege still begleitet in der seelenvollen Lichtheit, die ihm eigen.

Erhebe dich zu Mir in deinem Sinnkreis und mit sicherem Gespür für übersinnliche Belange, die dir eingeboren sind seit eh und je. Sichere dir die Genügsamkeit an dem, was du dir sein kannst und bedenke, dass es schon das Allerhöchste ist, wenn du nur einsiehst, wie Ich in dir walte und dein Dasein wunderbar gestalte in des Seins unendlich weisem, gütigen und makellos beschaulichen Reliefe.

4.16

Im kurz geschornen Grünen tänzelt Tarantella ihren Tanz der Tausend Variationen und belegt den Goldplatz in der Wertung, was und wer. Nicht immer ist ihr Treiben von Erfolg gekrönt, doch heute hat sie bestens abgeschnitten, weil ihr selbst das Anspruchsvollste wunderbar gelang. Ich habe sie begleitet auf den Sprüngen durch die Lüfte im galanten Pirouettenwirbel, wie im Schlussbouquet von blinkenden Verneigungen, die von wohlgelung'ner Anmut trieften. Solch ein Zauber ist für viele das erstrebenswerteste und kühnste Ritual, das sie sich denken können. Meines jedoch gipfelt in der siegreich vorgetragenen Erkenntnis dessen, was Ich Bin im grandiosen Ganzen, wie im ganz verschwindend minikrimen Teil, den Ich Mir kurzerhand zur wonnevollen Wohnstatt auserlesen.

Zweiergruppen sind die bemerkenswertesten Bewahrer des Erfolgs im Pläneschmieden, wie im galanten Umsatz in die Wirklichkeit und Wohlgefälligkeit der anvisierten Szenen. Da ist's nun eine Regel, dass Ich *eines* bin und du das andere in der apart und liebevoll errichteten Gemeinschaft, die wir miteinander pflegen. O holde Unschuld, die du noch so bist, derweil Ich längst mit allen Wassern der Durchtriebenheit und Lauterkeit am Sein und Sinn der Welt gewaschen bin im Zuge *Meiner* Züge.

Unnachgiebig und gewandt verfolge Ich den Plan der Pläne, eine Union zu schaffen zwischen allen Weltendingen, die da *sind,* und Meinem absoluten Anspruch und Alert an sie. Es sei, dass die Erkenntnis ihres eignen Seins auch die des geisterfüllten Universums fördert sagenhafterweise im Allhier. Das ist dann der feierliche Eintritt in die Götter-Hitparade, die von allem das Erspriesslichste versteht und gesammelt einen Freudentanz vollführt in mustergültiger Manier.

4.17
Cosa misteriosa, murmelt der Redliche besinnlich und blauäugig vor sich hin. Er steht vor den Rätseln der Welt und versucht, was er *ist,* zu ergründen. Er denkt hurtig und still vor sich hin und weiss nicht, dass *Ich* in ihm denke und denkt sich verbissen im Kreise herum. Was ist hier die Lösung?

Mein Lieber: Das eigene Denken zu lassen, macht dich erst mächtig und schön. Denn was *Ich* dann in dir bedenke, ist ein Himmelsgeschenk, das Ich dir getreulich und lieb vor die staunenden Augen drapiere. Es lässt sich so gut und so edel, so kräftig und glückbringend an, was dir zufällt und gar nicht zufällig ist in deinem Juhee.

Der Vater schützt und belehrt seine Kinder im Nu, wenn sie belehrt zu sein wünschen, und füllt ihr Gewissen mit Weisheit und Wissenschaft, Klugheit und sinnender Meisterbravour. Träf ist und sicher, was sie dann sagen, geritzt, genial und voll Leben, was sie im Folgenden tun. Sie fühlen sich wie Könige im Reich der Schatten, fühlen sich so frei wie Vöglein im Azur und geruhen, frei zu sein in Mir und Meiner Wallstatt, Meinem Punktum, wie in Meiner wonnevollen Grossmanier.

4.18
Begeisterung am Sein und Leben ist ein wunderbares Zeichen der Natürlichkeit und des Erlebens einer Welt von friedevoller Phantasie und von Geschmeidigkeit im Ausdruck und Gewahren. Sie lässt die Menschen jubeln über das Erreichte und befeuert ihr spontanes Staunen über all die Kraft und Schönheit, Liebenswürdigkeit und unbekümmerten Manieren, welche die Gesegneten des fabelhaften Fortschritts und der Leistungsfähigkeit versprüh'n.
Ich anerkenne ohne Weiteres, was die Begabtesten und Mutigsten in ihrem Fach voll Verve, Elan und Grazie bezeugen, und verleihe ihnen Herzensglück und innige Befriedigung ob dem, was sie mit unnachgiebiger Geduld erreicht und im Triumph vor alle Welt gebreitet haben.
Nun ist es da und strahlt und glänzt und wird den Ausgezeichneten so bald nicht mehr entgleiten. Alle Ehre, Ehrfurcht und Bewunderung, die man sich denken kann, gehört den Auserwählten, die sich in der Kunst, zu leisten und zu sein, aufs Schicklichste hervorgetan und ausgewiesen haben.
Ihre Stärke ist die Meine, ihr Gewalten Ausdruck Meiner Poesie - und der Schwung, den sie sich selbst bereiten, *Meines* Schwingens Ausdruck und Bravour. In ihnen mach' dir alles klar und wende deine Ansicht Meinem Wirken zu in der Gemeinde der bewussten und begabten Führer der Elite, die

von Mir geprägt und hochgehalten, befruchtet und gesegnet sind in reichen Mass, wie in der Wohlfahrt dessen, was sie *sind*, berauschend, selbstverständlich, gottesfreundlich und genial.

4.19
Ein Topgefühl, im Wesen Meiner selbst vollkommen ausgewogen und gestillt zu ruhn. Es ist ein feierliches Seinserleben, in dem Ich Mich verschwebe, eine Grille Gottes, die sich seliglich verzirpt in Selbstgefälligkeit und liebevollem Sich-Verstrahlen. Kunde geb' Ich Mir vom Ausserordentlichen, das Ich Bin, und das beglückt im Geistraum sich erfühlt, der ihm bereitet ist zum Aufenthalt und zum unendlichen Gefallen.

Im All der Sterne findet sich die Wiege Meines Wohls, in jedem Menschenherz der Ort, wo Ich Mein Sein verspiele. Kannst du ermessen, welche Unbeschwertheit, Makellosigkeit und Grazie des Himmels Mich bewegt, indem Ich ohne jeden streunenden Gedanken einfach Bin und seelenvoll und seliglich Mein Sein betrachte? Aller Wünsche bar beliebe Ich, in Trautheit mit der sich verschwebenden Allgegenwart in Mir zu weilen und allem, was Ich Bin, den Frieden der Unendlichkeit und Minne Gottes mitzuteilen. Seinsgesellige Ruh' zu spüren ist das Nonplusultra dessen, was Erfahrung lehren kann, und Sicherheit des Absoluten zu erleben der erhabenste Gewinn, der *ist* und der Mein Sein mit Zauberkraft und Glorie durchflutet.

So trägt sich Seiendes vom Seienden im Himmel der Gerechtigkeit und Wesensliebe zu dem Einen, das *Ich* Bin und das die Flüsse flutet und die Sterne glühen lässt im namenlosen Eifer, sich ans Weltsein zu verströmen.

Wer Mich kennt, kennt eines Gottes Tatkraft und Regie, wer sich in Würde und Gelassenheit Mir überlässt, gestaltet seines Daseins Kapriole zu einem Fest der Freude und der seligen Berufung zur Allherrlichkeit des Himmels, die ihm innewohnt und ihm vertraut ist so gewiss, wie sich die Liebenden in ihrem Zärtlichsein vertrauen. Du gibst und nimmst, so wie die Biene sich im Sich-Vergeben Nektar spendet, und verschwendest dich, indem du dich an alles, was da *ist*, verwendest aus dem allerinnigsten Gefühl.

Mehr brauch' Ich zu Mir selber nicht zu sagen, wenn Ich dich mit Worten der allherrlichen Vernunft bedenke. Sie mögen dich zu dem beflügeln, was du dir in jedem Augenblicke sein kannst, wenn du nur die Gnade findest, dich zu lösen von dem Bann der ewigen Bewegtheit, um dich ins glückseligmachende und universenweite Sein und Sinnen aufzulösen.

4.20
Der Pilger hebt sich in den Augen Christi seinsgefällig himmelan. Sein Verhalten lässt erkennen, dass ihm Gnade wird zuteil aus der sinnenden Bereitschaft, in die Tiefe seiner selbst zu gehn, um sich bis zum Letzten, Wunderbarsten auszuloten. Er vollbringt in stillster Stille, was für alle gilt: Das Wagnis eines Sprungs ins Nichts erstorbener Gedanken, wo wunderbarerweis die Meinen ihm entgegenfluten und ihn davon überzeugen, dass ein Geistiges die Welt regiert und alle Schätze sich des Wirklichen in ihm befinden.

Hast du dich auf diese Art erhoben, bist du frei und darfst dich endlich als ein Seinsverklärter fühlen. Deine Züge strahlen Mir direkt ins Herz hinein und strahlen sich behend und sicher, segensvoll und glorios in eine Welt der schwelenden Zerwürfnis, wie der Zuversicht, hinein, um sie vom Bann der Selbstgefälligkeit und illusorischen Kaprize zu erlösen.

Was ist nun gütiger und ausgewogener, als was Ich dir in guter, treuer und allgütestrahlender Präsenz besage? Nichts und wieder nichts was sich auch noch so siegessicher und galant gebärdet in der Runde derer, die die Macht in Händen halten. Lächle, wenn sie kommen und zuletzt in ihrem Eigendünkel und verstiegenen Betrieb verkommen, ohne die geringste Spur zu hinterlassen. Meide ihr Gebaren, wo du kannst, und wende dich in Demut und Gelassenheit Mir zu, um allen Seins Gewinn und aller Seligkeit profunde Würde jetzt und immer herzbewegend zu empfangen.

4.21
Leise flehen Meine Lieder dem geliebten Morgenlicht entgegen. Was Ich denke, was Ich wünsche, ist in ihrem Sein enthalten, das sich selbst erlebt, als eine Ode an die Göttlichkeit in Mir.

Sie ist der Ausdruck Meines Wohlgewissens an der Zeit, die Ich in der Beschaulichkeit des Erdenrunds verbringe, genauso wie am Ewigen, das Mir die Stätte der Erleuchtung ist in wunderbarer Zartheit und erfüllter Harmonie.

Was Ich Mir Bin, ist Trost im vielen, das Mir rau und unerlöst entgegendriftet, was Ich Mir erfühle, eine Wohltat für Mein Herz, das allem, was da *ist*, gar liebevoll entgegenschlägt im Wunderbaren.

Da geschieht's, dass sich die Schleier lüften vor dem Wesen der Unendlichkeit, das Ich Mir so und so bedeute, je nach der Seinsgestimmtheit, die Mich überweitet und belebt. Im besten Falle überkommt Mich eine Seinserhabenheit von überwältigender Schöne, die Mich stärkt und Mir das Absolute vorführt, das Ich Bin in unerschütterlichen Meisterzügen.

Eine Wonne für Mein Herz, Wegzehrung für Mein Weitergehn und willentliches Fasten Bin Ich Mir, wenn sich die Tagesstunden zur Erfüllung neigen und die Gedankenfülle sich gestillt und wohlgemut zur Ruhe legt. Wie heisst es doch bei den Brahmanen: Die absolute Stille ist die Seligkeit an sich, die sich die Seinserhobenen gewähren. Bist du schon einer von den ihren? Also mach' dich auf den Weg, um das in Minne zu erreichen, was du in Mir schon immer Bist und was dich adelt und erhebt, bezaubert und in sich bewahrt in einer Weihung ohnegleichen an das Götterlichte und Glückseligmachende im himmlischen Azur.

4.22
Leichtfüssig, leichtbekleidet, hurtig und fidel betrittst du die Tribüne und enthüllst vor den geneigten Augenpaaren dein Projekt lebendigen Erwartens des Erfolgs, den du ihm mitgegeben. Begeisterter Applaus beschliesst, was du begeistert vorgetragen, als das A und O der Nützlichkeit, Rendite, Ausgewogenheit und Eleganz der Proportionen.

Recht so, bemerke Ich. Es steht dir trefflich an, behutsam und gediegen vorzugehn, um allgemein Bedeutung zu erlangen. Das gilt für jeden Zweig gerissener Entfaltungen am exquisiten Baum des Lebens, dem Ich letztlich Form und Farbe, Wachstum, Schönheit und Beweglichkeit verleihe.

Du kannst es nicht mit Händen greifen, doch du ahnst, dass hinter jedem lebensfrohen Ausdruck eine ausserordentliche Kraft und Würde, Seinsbeständigkeit und Wohlfahrt des Gestaltens steht, die von keinem Menschlichen jemals erreicht und überboten werden kann. So tust du gut daran, dem unerkannt Bekannten deine Huldigung und Liebe, Wachheit und Bewegtheit darzubringen in der Vielfalt deiner Tage, wie der Regelmässigkeit der Zeit, die vor dir hergeht und die hinter dir verschwindet in der Unermesslichkeit gewesener Äonen.

Alles, was dir hoch und heilig ist, bleibt immerdar mit Mir verbunden und geniesst das Vorrecht, mehr als du zu sein in seinen wohlbegründeten Ambitionen. Damit aber ist es wie ein Haupt und alles, was darunter ist, sind seine Glieder, die ihm füglich zu gehorchen haben. Erkennst du dies, so geht dein Wille mählich in den Meinen über und bewegt die Massen ganz nach Meinem Mass und Meiner Art, das Ganze zu regieren. Komm und sieh und sei in Mir der Auferweckte göttlicher Manieren. Was dir glückt in Mir, beglückt dein Wesen und gewährt dir Seinsglückseligkeit und Gottesminne, Herzenswohlfahrt und Bewusstheit in unendlicher Manier.

4.23
Nimm's für ein Muster an Beweglichkeit, wenn Ich dir hier erkläre, wie geschickt Ich in der Folge von Äonen vorgegangen bin, um Menschliches dem Menschlichen und Göttliches der Gottheit zuzuteilen. Graduationen des Bewusstseins sind es, die Ich jeder Stufe des Entfaltens zugeteilt und angemessen habe, um der Vielfalt willen, die zurzeit vor aller Augen steht. Man unterscheidet sich, indem man sich entfremdet und damit in sich selber isoliert und zur Person wird in ureigener Staffage. Das macht, dass jeder sich gewaltig steigern muss, um durchzukommen und auf eigne Art erfolgreich und berühmt zu werden.

4.24

Komisch muten Mich da manche Dinge an, die die Menschen von Mir zueinander sagen. Wieso soll Ich besser sein als sie, wo sie doch Mich selber sind im allerhöchsten Seinsertragen? Strahlenden Bewusstseins sollst du vor Mir hergehn als Verkünder dessen, der da *ist* in dir; deine Meisterschaft soll stets darin bestehn, dass du Mein Antlitz in dir spürst; das In-dir-Eingeborene ist dann das Richtige, was Mir gefällt zu unternehmen. Mein Wesens Solidarität und Stil ist von ganz oben nach ganz unten zauberhafte Miniatur geworden. Begreifst du nun, wenn Ich dir sage: Alles, was du *Mir* zu tun gewährst, ist gut und kann der Welt nicht schaden? Meine Ziele sind erhaben und gefestigt, loyal und auf dich massgeschneidert, wie auf alles, was da *ist* und Meinen Duktus und gebieterischen Wohllaut in sich regaliert. Ganz entschieden trete Ich in jenen auf, die sich aus der Geschichte grandioser Taten einen Gottesreim und eine wohlgelungene Synthese bilden mögen. Ich Bin so fair und lichtvoll, so verspielt und grundgediegen, dass es sinnlos ist, Mich übertrumpfen oder korrigieren, blamieren oder bändigen zu wollen. Bitte trage Mir nichts nach, wenn auch die Schale manchmal bitter schmeckt, die Ich dir reiche, denke, es ist für das Wohl der Welt getan und freue dich auf Weiteres, das zur Erbauung und Erfrischung führt in deines Wesens Komplikationen. Nun sieh', wie Ich dir jeden Effort *Meinem* zu, geflissentlich und reif vergelte, indem Ich, was du Bist, auf Vaterhänden trage und dich wie die gute Mutter pausenlos umsorge in des Lebens Sinngedicht und Ritual. Dein Bewusstsein hebt dich himmelan, sowie du es vollends in Mich gegossen, und deine Freude, Freundlichkeit und Milde ist die Meine in der Trautheit stiller Stunden, die dein Sein mit Meinem inniglich und zart, geschwisterlich und liebevoll zusammenführen.

4.25
Wann wirst du Mir quittieren, was du Bist, getreuer Anerkenner Meiner hochgebenedeiten Gaben, und singst Mir zugleich das Hosianna - vor der eignen Tür? Ich warte und erwarte, was du unternimmst, um näher an das Sein heranzukommen, dessen Zeuge du dir täglich Bist, und ohne ihm Tribut, Gefälligkeit und Andacht zu erweisen.

Du sorgst dafür, dass dir die Tage allzu rasch vergehn und dir im Zeitlichen nichts übrigbleibt, um deine Seele ins Unendliche zu führen. Was muss Ich tun, frägst du? Ich sage dir: du tust es nicht und schwingst dafür in Tausend Irritationen.

Ich singe stets Mein Lied der Einheit mit den vielen und singe es im Geistgebiet und unter Tausend Spielen. Nun mach' dich auf im Lebenslauf, das Grosse zu erfahren, mit dem Ich dich beständig tauf' in wundertätigem Bewahren.

Ich kenne dich und nenne dich Mein Volk seit abervielen Jahren. Ergib dich Mir, wie weiland Ich Mich dir ergeben und lass uns in des Seins Revier auf ewig selig leben.

5

Dein Umkreis und Dominium

5.1

Vollendet ist der Kreis der brünstigen Geburten, wenn du in der allerletzten, fabelhaftesten das Seinsbewusstsein und damit das Königtum erreichst als die Erfüllung deines Lebens.

Du Bist und lässest es dir wohl sein in der Sphäre der geschliffenen Vollkommenheit, die allen Seinsverklärten gnadenvoll beschieden.

Du kommst und gehst nicht mehr, weil du im Seinsgewissen Solidarität mit allem, was da *ist*, besitzest und Unendliches mit dir geschieht. Deine kühnsten Träume werden wahr im ewigen Frieden, der dich lichterloh beseelt und deine Taten in sich selber edel werden lässt im Unergründlichen. Des Freiseins Blüte strahlt dir Himmelswonne und Glückseligkeit entgegen und vereint dich mit dem Allerhöchsten, dessen Zärtlichkeit Legende ist und dessen Vielfalt wunderbarerweise einzig ist in ihm.

Du gewinnst, was noch kein Minderer gewonnen und behauptest dich in einer Schlichtheit ohnegleichen, die nur den Heiligen zuinnerst zusteht in der Glorie Elysiens, der sie verbindlich und bewusst anheimgegeben. Du schweigst, derweil Ich deinem Haupte Himmelssegen spende, und erinnerst dich an das, was du schon immer warst: des Seins unendlich wohlgefälliges und sakrosanktes, siebenmal geselliges und liebevolles Geisteswesen.

5.2

Deine Würde will Ich weihen für den Tag und ihr gehöriges Gewicht verleihen, dass du ohne jeden Zweifels Tyrannei als wohlgesitteter Gefährte Meiner kühnsten Ambitionen vorwärtsschreiten magst.

Für Sekunden bist du dann der Mittelpunkt der Welt und brauchst dich deiner wahrlich nicht zu schämen, weil *Ich* dein Geschick bestimme, überwältigend gebieterisch und loyal. Sieh nun zu, dass du Mich keinesfalls enttäuschest, sei's durch überhebliches Benehmen, sei's durch Uneinsichtigkeit, die nichts versteht von dem, was Ich im Weltenwandel will und will mit ihm gebären.

Langmütig, wie Ich Bin, gewähre Ich dir Aufschub für die treu- und trauliche Erfüllung dessen, was Ich dir zu tun geraten. Doch einmal musst du Meinem Sinn gemäss agieren, um nicht in Verruf, Verzug und Ungunst zu geraten.

Alleine schaffst du's nimmer, so gewandt und willensstark, traditionsbewusst und schneidig vor dich hin zu schreiten, doch in Meiner seinsgalanten Obhut kann dir nimmer etwas Unbotmässiges gescheh'n. Von Mir zu dir reicht alles, was Ich je vergeben, von Meinem Handeln fahren Strahlen aus, die unbedingt zu ihrem Ursprung und zur Freundlichkeit des Himmels wiederkehren. Kein noch so schwerer Seufzer kann dich von Mir trennen, kein noch so törichter und unverblümter Weggang bricht den Segen, den Ich über deinem Haupt und Hause schweben lasse. Ich Bin dein Hort und überbiete Mich in dankeswürdigen Begünstigungen und Beteuerungen Meiner Freundlichkeit an deinem Hofe. Ohne dass du's weisst, hab' Ich dir aller Anmut und Gelehrsamkeit Gebärde zugesprochen, die da seine Meisterschaft entfaltet und dich aufhebt in den Kreis der Kundigen am Weltenwerk, das Ich bezeuge und erzeuge ausgesprochen visionär.

Vernimm Mein Wort und führe dich damit gebührend auf und hin zum Herzensfrieden, den Ich dir in väterlicher Zugeneigtheit noch so gern und gütig, ruhigen Gewissens und Gehabens, liebevoll gewähre.

5.3
Alles, was dir Herzensfrieden spendet, soll dir von Mir zugemessen sein. Mein Augenmerk ist stets auf das gerichtet, was dich fördert und zur seligen Betrachtung dessen führt, was du dir Bist in Meiner Inbrunst des Gestaltens und Bewusst-Bestehns.

Der Länge und der Breite nach Bin Ich gehalten, deine Sache vor der Welt, wie vor Mir selber, zu vertreten, weil sie ein unveräusserlicher Teil ist Meiner Daseinsstrategie. Du Bist und gleitest zwischen Skylla und Charybdis in die offne See und präsentierst Mein Siegesbanner stolz auf altgedienten Planken.

Worauf du achten solltest, ist die immerwährende Geduld, die Ich am wachsenden Gedeihen Meiner Schöpfung statuiere. Ob es deiner Lebensjährchen Episode ist oder Meines kosmischen Entfaltens sinngeladener Äonenepos, immer strömen *Meine* unversieglich götterlichten Kräfte ins Geschehn. Es sind die myriadenfältigen Versuche und Verwandlungen, die Meine Seinsbewusstheit zieren wie den Geistraum, den Ich genialerweis' mit abersicherem Gespür für Eleganz, Effizienz, Behutsamkeit und Regelkraft bewohne.

Mach' es ebenso, gebiet' Ich dir, in deinem Umkreis und Dominium und sei dir deiner guten Sache voll bewusst und sicher als in *Meiner*, Glück und Grazie verheissenden, sich selbst verstrahlenden im unermesslichen Allhier.

5.4
Morning prayer mit der Sicht auf was Ich Mir und Meinen Anvertrauten alles zu verdanken habe. Es weben, es bewegen sich die wohlgestalteten Gemüter in der Atmosphäre heiterer Geselligkeit,

die ihnen ausgezeichnet ansteht in des Tages auserlesenem Erfahren.

Was willst du mehr gesellig vor dir her als ein paar quicklebendige Stunden, die dir die Pforten öffnen zur Glückseligkeit des Himmels, wie zur Selbstvergessenheit, die dich darob ergreift in vollen, runden Zügen.

Es sind die Freudenfeste, die das Leben angenehm, kurzweilig und erspriesslich machen, wo die Worte dir wie Honigtau galant und reichlich von den Lippen fliessen. Alles lächelt sich Gelöstheit, Charme und Zuversichtlichkeit entgegen, auf der Spur der tänzerischen Frohmut, die die Traulichen ergriffen. Wie verwandelt sind die vielen, die sich hier aus ganz besonder'm Anlass ein geliebtes Stelldichein bereiten. Sorglos wie die Spatzen picken sie sich ihre Sättigung zusammen und geniessen, was sie sind, an diesem Tag der Unbeschwertheit und des freundschaftlichen Sich-Begegnens. Schaust du in die Runde, strahlt dir jedes Antlitz Wohlgefälligkeit des Seins und Wonne des Erwartens neuer Köstlichkeiten und Beglückungen entgegen. Wie ist das alles seelenvoll, bekömmlich und fidel im besten Sinne des Erfahrens! Niemand merkt, wie rasch die Zeit vergeht, derweil die Korken knallen und das Leckere die Zünglein reizt im Takt der aufgetragenen Genüsslichkeiten.

Man applaudiert und schlendert selbstzufrieden und erfüllt der Heimstatt zu und fühlt sich merklich und gedankenfroh dem Leben neu vermählt im Zeichen einer unvergesslichen Synthese aller Kräfte auf das eine hin, das es zu feiern galt in schöner Herzlichkeit und wunderbarem Einverständnis mit den vielen.

5.5

Was vernimmt dein lauschendes Gemüt, wenn es sich in der Stille badet und dabei vom Geist der Wahrheit sich belehren lässt in vollen, runden Zügen? Was du Bist, darfst du intim und gottesmütterlich erfahren, wo du herkommst, prägt sich deinem Seinsgewissen ein, und deines Ziels unendliche Gebärde klärt sich vor dir auf in wunderbarer Selbstverständlichkeit und reinem Sich-Ergeben.

Das Thema deines gängigen und hängigen Betrachtens deiner Angelegenheiten zieht sich farbenprächtig durch dein ganzes Leben, denn gar vieles, was du tust, stösst dich unweigerlich auf die berühmte Frage nach dem Sinn, und das führt dich zum Sinnen hin und her und auf und nieder vor des Unerschütterlichen Geistestor. Dein vielverzweigtes Denken führt dich unweigerlich von einer Episode zu der andern, die in deiner Seele einen tiefen Eindruck hinterliess, führt dich bestimmt in deinem weiten Lebenskreis herum mit unendlich vielen Schwenkerchen und Mühen, doch ebenso mit vielem Wunderbaren Wohlgeraten.

5.6

Ein Standesstück ist immer von der Selbstbewusstheit und Entschiedenheit des schaffenden Genies getragen, sei es in herzergreifende Musik gegossen, in die Faszination des Wortlauts oder in die schwungvoll vorgetrag'ne Tanzgebärde. Es hebt sich siegreich aus dem Taggescheh'n empor in wunderbare Höhen der Begeisterung am Sinngehalt des Lebens.

Das Manifest, das du entworfen, findet seinen Fortgang in den freudestrahlenden Gemütern, die aus ihm ein Eigenes kreieren und sich königlich daran ergötzen nach dem Mass der aufgebrachten Fantasie. So stellen sich die Charaktere mutig oder lässig in das Weltgescheh'n und sind erpicht darauf, entweder Kräftiges zu schaffen oder sich vom Trefflichen verwöhnen und erhöh'n zu lassen.

Vieles droht im Zeitlauf ruhmlos zu versinken, wenn es nicht zur vollen Blüte stilisiert und kunstvoll vorgetragen wird von wohlgeführter Hand und liebevollem Herzen. Das ist nun eine Sache der Vernunft, die sich von jedem klugen Denker nachvollziehen lässt. Das Herzliche jedoch wird vom Unendlichen dazugetragen. Es mischt sich immer wieder ein, wo Ausserordentliches, Übermässiges und wahrhaft Menschliches geschieht, und lässt sich dabei gar nicht gerne in die Karten schauen. So musst du vieles, was du nicht durchschaust, gehorsam und gehörig akzeptieren und dabei monieren, dass es von dem Ewigen hernniederströmt und -flutet aus der Fülle und Vortrefflichkeit, Gelassenheit und Wohlerwogenheit, dir wunderbarerweis zu eigen.

5.7
Metamorphose Meiner selbst im Andersartigen, als du gewohnt bist zu erfahren: Macht in der Ohnmacht, Musse im Getriebe und Gelassenheit im Umsturz, den die Welt erfährt in ungezählten Revolutionen.

Ich Bin der Diener aller Herren und zugleich der Herr der Dienenden im universenweiten Umkreis, den Ich leichterdings um Mich beschreibe. Meine Siegestaten seh' Ich an und muss gestehn, dass sie den allergrössten *deiner* Provenienz noch haushoch überlegen sind im Zauber, den sie überall verbreiten.

Was hohl ist, kann Ich ohnehin durchmessen; zudem hält das Feste Meinem Stich nicht stand, mit dem Ich teile oder heile, je nach der Absicht, die Ich dazu hege. Auf vielverschlungnen Wegen laufe Ich galant ins Ziel und überbiete Mich mit mustergültigen Rekorden. So wie Ich dich kenne, glaubst du's ebenfalls zu können und dabei Bin Ich dir stets voraus um aberviele Nasenlängen in der Weltenkompetition, die Ich nach Meinem Gusto trefflich inszeniere.

Ich trag' dich ungeniert ins Logbuch Meiner Weltenfahrten ein, weil du Mir, ohne dass du's weisst, gefällig und behilflich sein musst in den buntgescheckten Erdentagen. Das ist Mein Schöpferrecht und Meine Billigkeit an allem, was da *ist* und tanzt und tänzelt einem scheinbar unbekannten Los entgegen.

Mir ist alles offenbar, was je sich unter jeder noch so dichten Decke rührte, Kenntnis habe Ich noch vom Geheimsten, das unter Meinem Strahlenlicht geschah. Gewinnst du Achtung vor dem, was Ich dir bedeute, kann Ich dich getrost in Meine sagenhafte Mitte heben, wo die schönsten Meisterwerke ihren Aushang finden und die mildesten der Sterne sich im Äther liebevoll verglüh'n.

5.8
Breitspurig und jovial gebärdest du dich allsolange, wie die Zeichen und die Zeiten auf Erfüllung stehn. Geht es dann bergab mit dir und deinen Funktionen, wimmerst du dem Schicksal Unbeholfenheit und Furcht entgegen.

Da sag' Ich dir: In deines Wesens Silberhauch ist einer, der da weiss um die Beständigkeit des Lebens, wie auch um die Unantastbarkeit der innigen Gewähr für Freiheit, Wohlgefühl und Frieden, die Mich in dir bewegt. Es zanken sich die Kräfte des Ersterbens mit denen des Erneuerns aller Werte und Gediegenheiten, die da *sind* im grandiosen Weltenspiele. Atme du den Duft der göttlichen Potenzen, die dich in Weisheit und Gewissenhaftigkeit durchziehn. Dein Geist ist wacher in dem Masse, wie dein Körper schwächer wird vor aller Augen, die das Unendliche noch nicht begreifen.

Was wird, das wirst du bald erfahren, in der Offenbarung, die Ich über dich verhänge, dass du Bist und dass Ich Bin in dir das Wesentliche ohne jeden Zweifel mit unendlich lebenslustiger Gewähr. Ich stosse Mich geflissentlich und emsig in Mich selbst hinein und lasse alles Unvollkommene inständig von Mir grüssen. Das ist, weil die Erkenntnis Meiner selbst zu Buche schlägt und Mich das Freisein schmecken lässt von allerhand verdächtigen Illusionen. Es nimmt das Leben seinen Lauf, doch ebenso bestimmt verharrt das glückerfüllte Sein im namenlosen Schweigen, wie in der ruhigen Begeisterung an seiner allerfüllenden Präsenz als Gottes Edelmut und Stärke, Willenskraft und Graduation in dir und deinem Wonnesein im Wunderbaren.

5.9
Ganz auf die Welt zu kommen, ist Mein immanentes und bewundernswertes Los. Die Strecke ist gewiss nicht gross. Sie reicht von Mir zu Mir und bewahrt den Seinscharakter unbedingt und unfehlbar, den Ich ihr zugesprochen und verpachtet habe.

Dem Wasser gleich fliesst alles, was Ich Bin, zum Meer der Einheit in des Seins allmächtigem Umfangen. Alles hebt sich selber auf, indem es sich in Mir ein Schicksal sagenhafter Ausgewogenheit bereitet zwischen klein und grandios, beachtlich und intim, rasant und stationär. Der Ausfahrt folgt das Heimische und Wohlgeborgne auf dem Fuss,

dem Wachsein das holdselig hingegossne Schlafen. Das aber rüstet dich zu neu erfundnen fabelhaften Taten, die ihrem Wert gemäss Unsterblichkeit erlangen in des Seins allherrlicher Struktur.
Es ladet alles Seiende sich selbst zum götterlichten Bade in der Wohlbekömmlichkeit des köstlichen Gefühls, das es seit eh und je beseelt. Es hat die Fähigkeit, sich selber Güte zu verleihen, wie den Ansporn unbedingt zu mehr und mehr. Das lässt sich trefflich an. Jeder neue Anhang bittet sich das Wohlgefallen am Gelingen aus und wenn er eh missrät, ist ihm das neu Hinzugelernte ein Gewinn von unaussprechlichem Gewahren.
Ich schenke Mir, wann immer es Mir einfällt, den begehrenswerten Zustand reiner Friedfertigkeit am Sein und Leben. Mein Bewusstseins Attitüde ist dem Himmlischen verwandt, das in Mir west und lichtet, zweifellos in unabänderlichem Fliessen. Selig, wer in ihm ersteht, und glückbegnadet, wer es auch erkennt als Es in seinen seelenvollen Fibern.

5.10
Seelenreichtum sag' Ich an in Meinem Mich-Begründen. Frisches Blut will Ich verkünden in den Meistergängen, die Ich geh'. Kapitale Fehler lassen sich vermeiden, wenn die neue Ordnung aufgenommen, respektiert und angewendet wird, die heisst: Das Sakrosankte fliesst von ganz ganz oben unaufhörlich in die Kapillaren der Gesellschaft, die Ich Mir zum Gegenstand der Schöpferlust erwählt und eingerichtet habe. Das bedeutet, dass auch das Geringste Meinem Drang und Meiner Gnade unterworfen ist im Gang der Welt, wie in den gängigen Gemütern, die die Sache Gottes schlecht und recht begreifen.

Hisse deine Segel und befahre mutvoll Meinen stillen Ozean der Freude am entscheidenden Geschehn. Als Rädelsführer und Regent beliebt es Mir, dich auf der Entdeckerfahrt gehörig zu begleiten, wunderbar verborgen in und über dir.

5.11
Sinn im Sinnen lässt Gewaltiges erspriessen aus der Gottheit tugendhaftem Schoss. Was geschieht, verschränkt sich mit dem ewig Guten, das Ich Bin und das Ich durch Äonen gütig weitertrage. Es ändert sich die Form, der Zustand, die Gefälligkeit, dem Zeitenlos dahingegeben. Doch des Seins Bewusstheit, die Ich Bin, bleibt haargenau dieselbe. Strahlende Potenz voll Weisheit, Heiterkeit und unerschütterlicher Harmonie der Kräfte sind ihr eigen.
  Nun gilt es für dich, Einsicht zu gewinnen in Mein überirdisch Wohl, das niemals angetastet oder angefochten werden kann. Es entzieht sich jeder Dinglichkeit und hat nichts Zeitliches auf seinen Schild geschrieben. Es wiederholt sich nie in seinen Äusserungen und Errungenschaften und bleibt dabei aufs Äusserste stabil.
  Was aber Meines Seins Gebärde krönt, ist die Bewusstheit von dem Einen, das da *ist* im Überall der Dinge und Gepflogenheiten, der Gewinste, Raritäten und Verbindlichkeiten im Allhier. Mach' es dir zur Pflicht, dich dieser Aufgeschlossenheit und Geisteswürde, Wirklichkeit und Seelenseligkeit zu nahn, damit sich deines Seins Bestimmung und Idol erfülle und die Züge der Verheissung sich erhellen zur erhabnen Schau des Absoluten, das du Bist, beständig, weltgewandt und himmelszart im Wunderbaren.

5.12
Im Sein, im Sein und mit dem unbeschreiblichen Gefühl des Freiseins von jedwelchen Nöten. Wie Bin Ich da hineingekommen? Was hat schlussends dazu geführt, dass Ich Mich kenne als das unvergleichliche Kontinuum von Kraft, Gedankenschärfe, Wohlbefinden und Genie in bewundernswerter Trautheit mit dem Ewigen, das Mich beseelt. Keine Bürde, reine Würde trägt Mich liebevoll voran im Wohlklang der gebenedeiten Stunde, im gottgesegneten Allhier.

Dem Himmel des Allhöchsten Bin Ich offen, dem Makellosen freudig zugekehrt, Bin dem Unendlichen erschlossen und von ihm aufs Köstlichste geehrt.

5.13
Möchtegerne haben keinen Zutritt zum Erhabenen, das Mir gefällig ist, solange, bis sie eingesehen haben, welcher Weisheit, Weitsicht, Offenheit, Geduld und Seelenstärke es bedarf, um Meinem Seinsgewinde nah zu kommen und um es gar in einem stillen Winkel zu touchieren. Immer Bin Ich da, um gutgewillte Geister bei Mir aufzunehmen und ihnen Obhut, Sicherheit und Gnade des Allhöchsten zu gewähren. Das verleiht dem Ganzen der Geschichte Schwung und Andacht, Rasse und Gewicht in Meiner Weise des Gewährens und Gewährenlassens, dort und hier.

Nun habe Ich für dich das Wörtlein *sei* hinzuzufügen, dessen Auserlesenheit dich mählich ins Bewusstsein reinen Seins befördert und dich schliesslich mit dem Status der Verklärtheit und Erhabenheit beehrt, den alle Menschenseelen so ersehnen.

Es ist nicht weit von dir zu Mir in deinem Langen, wenn du nur in des Schweigens formvollendete Figur versinken magst und dich von Mir darin des Besseren belehren lässest, das dir zugehört und das sich allen offenbaren will in Meinem universenweiten Mich-Begründen. Mein Anstand kostet dich nur guten Willen, Freundlichkeit dem Himmel gegenüber, Ehrlichkeit und tapferes Dich-selbst-Besinnen auf das, was du Bist in deiner Unbeholfenheit, wie in der Glorie Meines Dich-Begütens.

Also mach' Ich wahr, was Mir obliegt im Guten zu bewahren und dem Sein zu übergeben, das Ich Bin und das du Bist in wunderbarer Eintracht mit dem All der Dinge und Gepflogenheiten. Gottes Ratschluss ist noch immer das Gediegenste und Wohlerwogenste, das man sich denken kann und gilt für alle gleichermassen in unendlicher Gerechtigkeit und Liebe, Himmelszartheit und Verbindlichkeit mit denen, die da *sind* und die nichts anderes mehr wollen. Sie sind das Sein in der glückseligmachenden Bewusstheit vom Gefieder Gottes, das sich um sie breitet und in das sie eingebettet sind *vor* allen Dingen, seligen Gewissens, licht und leicht und wunderbar.

5.14
Ich Bin und Bin die Hübscheste von allen Wirklichkeiten und kann es Mir schlankweg erlauben, ohne jede Motion beglückt zu sein im Röhricht der Empfindsamkeiten.

Die Nummer Eins ist immer mit dem Zauber purer Einzigartigkeit belegt und darf sich rühmen, weder Konkurrenz noch Ebenbürtigkeit bei sich zu haben. All so Bin Ich Mir das Unerreichte, Unfehlbare und Unendliche an sich, *dem* Urgrund zukommt und damit auch urbegründetes Verhalten. Meine Losung heisst: Gewinne in dir selber Mehrwert an dem Unvergleichlichen, das du schon Bist, und tränke dein Empfinden mit dem seligen Gefühl, Erfolg zu haben und Bestimmtheit im Beraten derer, die noch nicht so weit gekommen sind im mustergültigen Verwerten ihrer hehren Meditationen. Das ist nun Meine Sache, Sendung und Erhabenheit geworden, dass Ich frei von jedem illusorischen Geplänkel bin, das so viel Unheil, Unrecht, Schroffheit und Gewalt hervorruft in den ausgerasteten Gemütern. Wende dich Mir zu, will Ich hier sagen, und vergleiche, was dein Anteil ist am ganzen grandiosen Weltgeschehn. Es ist ein Nichts im Gegensatz zu Meinem und wählte dich und quälte dich, wenn nicht Mein in dir innewohnendes gestalterisches Wesen dich bestückte und beglückte mit dem Siegel des unendlichen Dich-in-der-Zeit-Bewahrens.

Was einmal *ist*, kann nimmermehr vergehn, und was sich als der Hüter seines Seins erkannt hat, reibt sich an den weltlichen Unpässlichkeiten und Versäumnissen nicht mehr. Er beschaut in Friedfertigkeit und Klugheit seine Taten und weiss sich von des Seins Gebärde wunderbar emporgehoben in das Reich der Fülle, der Unsterblichkeit und Wonne am unendlichen Gescheh'n.

Das ist auch deine Perspektive auf die Zukunft hin und kann dich trösten und ermuntern für ein ständiges, bewusstes, gottbegnadetes und liebevolles Weitergehn.

5.15
Bienenfleiss gebiert Gesundheit und Gerechtigkeit am Leben. Was du immer dir erwirbst, trägt dich im Sinn der Evolution voran und hilft dir, an ein Ziel und Ende zu gelangen, das Ich Bin und das Gemein-

schaft hat mit allen Fraktionen, Rassen und Religionen.

Weshalb das so ist, ist einfach zu erklären. Von Mir und Meinem Hort verbreitet sich ein Duft und eine Welle reiner Sympathie zu allen Wesen, die da *sind* und Sehnsucht nach dem Absoluten in sich tragen. Ihr Empfinden wird vom Hauch der Friedfertigkeit berührt, mit dem Ich alle Welt und alle Wirrsal väterlich begabe. Was ist nun die Konsequenz von Meinem Handeln, Meiner Lust und Meinem Stil? Ich animiere die mit Mir Verbündeten zu einem Effort und Gewinn in Sachen Selbstbewusstheit, Tugendhaftigkeit und jugendlichem Sich-Verstrahlen. Es labt sich gegenseitig, was aus voller Blüte schöpft und was Erfolg gebiert aus schwingendem Elan und fortgesetztem Brüten. Taufrisch präsentieren sich die Röslein der Holdseligkeit, die aus dem Glück des Schaffens und des Sich-Verstehns erblühn. Nicht minder wallt die Achtung vor dem Ewigen, das sie beseelt, durch die zutraulichen Gemüter, die sich so in ihrem höchsten Sein erfahren. Ich schaue sie in Mir und sichte ihre Wertbeständigkeit und ihr bejahendes Verhalten als die Krone Meines Intendierens und den Inbegriff der schönen Menschlichkeit, in die Ich Mich voll Verve und Wohlgemutheit, Tatendrang und Eleganz vergeben habe.

5.16
Konfrontationen mit Mir sind tunlichst zu vermeiden, weil noch jede mit dem Sieg des Ersten aller Welten enden muss. Im Handumdrehn lass' dich geflissentlich von Mir belehren, deut' Ich dir, weil Ich aller Weisheit Born und Bieter bin auf hundert blankgefegten Wegen.

Meine Absicht ist es, allem, was da *ist*, den Touch der strömenden Vollendung und der wohlerwognen Selbstverständlichkeit zu geben. Dann erklärt sich alles aus der Eigenart, die es für sich errungen, wie aus dem Gesicht des Ganzen, das Ich in das Weltgebraus gelegt.

Reine Künste sind auch feine Günste, die von Mir zum traulich hingebreiteten Empfänger fliessen. Was gibt es Liebenswerteres als den Impuls zum Guten und Grazilen, dem Ich allhin Meine Inbrunst und Mein Lebenslicht verleihe.

5.17
Nichts Liederliches soll an Meinen Liedern hangen, sind sie doch ein reines Gotteslob, das Ich zutiefst Mir selbst gewähre. Die vor Mir ausgebreiteten Sentenzen tragen den Charakter wunderbarer Fröhlichkeit und Unbeschwertheit und sie dürfen sich wohl sehen lassen in der auserlesenen Gemeinde jener, die wissen, was sich ziemt und die sich einen Reim aufs Ganze ihrer Präsentation bescheren.

Was immer so gesagt, gestritten und gelitten ist, lebt unerschütterlicherweise fort in den betroffenen Gemütern, genauso wie in Mir, und fordert sie dazu heraus, sich über alles Unbotmässige geschickt und tapfer zu erheben im beschauenden Gedankenstoss.

Was Wunder, wenn da viele scheiternd arg darniederliegen, weil sie sich in einem niederträchtigen Gedankenkreis bewegen, der sie daran hindert, siegreich vorzugehn. Solches kann Mir nimmermehr passieren, weil Mein Sein sich in ganz anderen Bewusstseinsregionen und entzückend aufgemachten Reservaten sachgerecht vollzieht. Was das bedeutet, ist im Zauberwort umschrieben:

Weih' dich dem Unendlichen und weihe dich damit dem Sein in deinem Dich-zutiefst-Bewähren. Umgang mit dem Allerhöchsten darfst du darin pflegen und dich rühmen, einen Zustand der Allherrlichkeit und Gottesminne, Seligkeit und Auserlesenheit erreicht zu haben, der alles übersteigt, was du dir je errungen und in dessen Fittichen dein Herz in Wonne ruhen darf, befriedet, heiter und beglückt, bewusst und wohlgemut in Mir.

5.18
Unbeschwert und strahlend trete Ich im Sein Mir selber gegenüber und gewahre in der Tat Mein eigen Wesens Souplesse, Schmelz und Rüstigkeit im Freilauf der Äonen. Zu merken ist dabei, dass Ich mitnichten je gealtert bin, derweil das Zeitliche in Meinen Gründen unerbittlich in sich selbst zerfällt - und wieder bis zum nächsten Limit aufersteht und durch die Lebenstage wogt und spekuliert und träumt in stetem Ungemach und hellem Wohlgeraten.

Da gibt es einen Hinweis an die Herren ihrer Welt, sie mögen sich darauf besinnen, dass auch sie, im Werden und Vergehn, das Siegel der Beständigkeit als Sein vom Sein in ihrer Mitte tragen. Gelangen sie zum Wissen, dass sie *sind*, durchglüht sie der stupende Zauber des unendlichen Gewahrens, wie die wonnige Bewusstheit von der Folgerichtigkeit der von der Gottheit dargestellten Episoden.

Es ergibt sich für den Wanderer durch Zeit und Räumlichkeit der Inbegriff des segenvollen Ruhns in Seinen eignen Schössen allsobald, wie er begreift, dass sich in seines Seinsbewusstseins Kabinett das All gemach um seine Achse dreht und sein Eigensein durch Myriaden Künste, Günste und Verwirklichungen balanciert.

Im Taggeschehn bist du ein winzig kleines Etwas, das sich ständig regt und reibt in Wohlfahrt, Wichtigtuerei, Ergebenheit und vifem Sich-Verstrahlen, derweil du in des Geistraums Wirklichkeit die Dimension der allerfüllenden Gottseligkeit erreichen kannst in deinen Wesensgründen.

Was du ewig hast, kann dir auf ewig nicht genommen werden. Was dir selbst gehört, kannst du im Geistessinne nimmermehr verlieren. Wo du wallst und wo du feierlich dein Recht, zu sein, behauptest, trage Ich dir das Vermächtnis der Unendlichkeit entgegen und bewege dein Gemüt zur wunderbar gesättigten Empfindung, dass du Bist, unsterblich, unerschöpflich, wunderbar das Wesen der Allherrlichkeit und Daseinsblüte, als die Konsequenz von Meinem Handeln und In-Lauterkeit-und-liebevoller-Geistigkeit-Bestehn.

5.19
Genügsamkeit ist auch für Mich recht schwierig zu erreichen. Manchmal geht es Kopf an Kopf durchs Ziel, sodass kein Sieger feststeht im rasanten Spiel.

Da kommt Mich an, Mir selbst den Puls zu fühlen, um den Zustand zu ermitteln, der Mich trägt und prägt und trügt und rügt - und Meine Hoffnung ist im lebenslangen Laborieren. Geschwind, geschwind soll sich in Allgemach verwandeln, selbander mit der Herzensruh, ob der das Schicksal freundlich wird und hoch erhaben.

Was gestern war, ist nicht mehr von Belang, und was Mir künftig zukommt, kann man noch nicht zählen. Da ist es ratsam, nur im gottbegnadeten, holdseligen Jetzt zu leben und zu sein, indem Ich Mich auf Meinen Eigenwert besinne und daraus die rechten, träfen Schlüsse zieh. Es ist das Seinsbewusste, das die Lage radikal verändert und im Nu zum absoluten Heile führt, im Wohlfahrt-und-Gerechtigkeit-Erstreben. Alles geht wie anhin seinen Weg und ist doch von dem vorigen aufs Allerschicklichste getrennt und grundverschieden. Helle ist im Geistessinne da und Selbst-Verständlichkeit in grandiosen Zügen. Ich Bin als der, der Ich Mir Bin, ins Sein geboren und verwerte, was sich Mir eröffnet, zur bewundernswerten Seelenruh inmitten des Gestürms. Das absolute Schweigen darf Ich pflegen und Mich so in der bewegten Schwebe halten der Gottseligkeit im zeitenlosen Raum der Geistesfülle und des überirdischen Behagens.

Das ist wohlgetan und wacker, weihevoll und süss und darf sich sehen lassen vor der Welt, wie vor den Augen der Verklärten, die da *sind* und alabasterrein und weise, wirkungsvoll und wonniglich vor Mir bestehn im Wunderbaren.

5.20
Keiner kommt zu kurz, wenn Ich mit Langmut, Auserlesenheit, Wohlwollen und Bewusstheit vor ihm hergeh' um sein Milieu zu stärken und ihm gute Laune, Zuversicht und Willensstärke zuzuraunen. Als Wisperer von allerhöchstem Rang kann Ich dir gelten, wenn du bereit bist, Meinen Drang und Duktus ungesäumt zu übernehmen, um mit ihrer Hilfe zielstrebig und galant voranzukommen. Meistere, was dich von Tag zu Tag bewegt und meide es, an Ort zu treten, wo das voll geöffnete Gelände lockend und manierlich vor dir liegt, um von dir bebaut, besät und hochgebracht zu werden. Deine Virtuosität im Pläneschmieden und -verwirklichen soll Meiner eh aufs Tüpfchen gleichen, sodass zwischen beider Werk und Willen, Wohlfahrt und Gediegenheit kein Unterschied besteht.

5.21

Narration für Mich von A bis Z, eine Geschichte, die *Ich* Mir erzähle. Was Wunderwerke darin sind, ist alles frank und frei von Mir erfunden. Es besteht kein Zweifel, dass es niemand gibt, der sich so viel erdenken und erlauben kann im Raunen seines Wesens. Das ist Mein Glück, dass Mir gar nichts zuwiderläuft, wenn Ich Mir selbst befehle, was zu tun und was zu lassen ist in Meinem Areal der exerzierenden Gewalten. Es winden sich und schinden sich so viele Mindere um ihren Anteil an dem Tafelberg, den Ich Mir abgerungen habe. Doch das kann niemals schicklich enden, denn wer sich von Mir wendet, fällt sogleich ins Abseits von der goldnen Gottesspur, die Ich feierlich zediere.

Ist dir das zum ehernen Begriff geworden, stellst du alle deine Motivationen unter Meine schirmenden Gedanken, genauso wie Mein Skriptum an die Menschliche Natur.

Kenne dich und nenne dich Erwählter einer Huld von Himmelsgnaden und -Verwirklichungen als von Mir gesponsert und geführt. Es lächeln die Geschwister deiner Zunft von zünftigen und künftigen Gebietern ihrer selbst in Meinem zauberhaften Garten. Es ist nicht ohne, wenn du dir ein süsses Reimchen auf Mein Reich verkündest, das exakt das deine ist in Mir. Zwillinghaft, nicht zwitterhaft, sollst du dich alleweil benehmen, denn es steht geschrieben: Wer sich gleicht, wird auch den Ausgleich finden zwischen Du und Du und Ich und Ich, bis man ihn nimmer unterscheiden kann im Seinsgekröse.

Gefunden ist gefunden, wenn auch noch längst nicht voll erkannt im Lichte des gestaltenden Elans, den Ich Mir vorbehalten habe. Dann aber wirst du ebensoviel wissen, wie Ich weiss und wirst konstant die Trommel rühren, es an alle zu verkünden, die dich hören wollen. Andächtig lauschend wirst du sie vor dir versammelt finden und ihr Ohr und Herz wird, mit dem Wohllaut deiner strömenden Gedanken angefüllt, von dannen gehn. Meine Vorsicht ist Legende, wo es sich zu wappnen gilt gegen Missgunst und Versagen. Nichts geschieht, was Ich nicht unerschütterlich beherrsche bis ins Detail seines wühlenden Rumorens. Schichten leg' Ich ein des Ruhbereitens, wo Besinnung aufblüht und erfolgreich neu gefasstes Zielen. Nun ist alles so gediehen, dass Mein Anspruch, Mir allein noch zu genügen, vollends aufgegangen ist in Mir. Die Geschichte ist geschrieben und Ich habe Mich darin nicht aufgerieben, sondern angefacht zu wahrhaft überragender Manier im Weltbereiten, Sanft-Befrieden und dem Lockruf virtuoser Wonne unverzagt zu folgen und bewusst und heiter in ihm aufzugehn.

5.22
Klagelos durcheile du die Welt und klaglos will Ich dich dabei begleiten. Denn wir befinden uns in corpore und unverwandt auf glorioser Fährte der Verherrlichung des Menschentums durch wundervolle Taten. Hierbei sei gesagt, dass all dein Mühen, Blühen und Gedeihen Meines ist in wunderbarem Einklang mit der Allnatur. Du schwimmst in Nöten: nicht gebräuchlich ist Mir das. Du plapperst, währenddem Ich in erwartungsvollem Schweigen ruh'.

5.23
Was fällt dir auf, wenn ich dich neuerdings so innig ins Vertrauen ziehe? Das ist, weil Ich so frei heraus

von Du zu Du mit dir verkehre, als ständest du mit Rang und Namen mit Mir auf derselben Stufe allerfüllenden Bewusstseins in erhabnen Geistessphären. So ist es in der Tat: Ich ziere Mich nicht auszusagen, dass zwischen Mir und allen menschlichen Gemütern vollkommne Übereinkunft in des Wesens Sein und Sinngehalt besteht. Nur, dass du es noch nicht erkannt hast in der wunderlichen Aufgeregtheit deiner Lebenstage. Du *Bist*, so wie *Ich Bin* und willst es nicht erkennen und beim Namen nennen, weil die Hektikt und die Stimmungsmache der Gedanken das nicht zulässt. Eine Wandlung muss in dir geschehn vom kleinkarierten Springinsfeld zum Meister einer Einsicht, die dich in das Reich der Gottbegnadeten und Wissenden erhebt vom Sein der Gotteswelten, wie der Wesen in der Wirklichkeit der Allnatur.

Was Mir geläufig ist, das muss auch dir zutiefst beschieden und bewusst sein in der Rolle, die du spielst und die dich fördert, drangsaliert und prägt bis zur vollendeten Synthese aller Werte und Wahrhaftigkeiten, Liebenswürdigkeiten und elysischen Beglückungen in Mir.

5.24
An Meinem Hof erscheinend, wirst du Wunder über Wunder reinen Seins erleben. Meiner Geistesstimme lauschend, werden eklatante Freudenströme dich durchziehn. Der Verbund, von dem Ich dir erzähle, geschieht im Raum der denkerischen Qualität, wie dem des fühlenden Erkennens deiner Situation im All der Welten, wie im Augenblick der Zeit. Dabei darfst du dich rühmen, Umgang mit dem Allerhöchsten und Erhabensten zu pflegen, das da *ist* in dir und überall, wo sich die Seienden ihr Stelldichein und ihre Bruderschaft vergeben.

Über Generationen trägst du deines Heils goldschimmernde Redoute freudestrahlend Mir entgegen als das unversehrte, tausendfach vermehrte Agens der Lebendigkeit und Virtuosität im Reich des Schöpferischen, das dir eigen.
Wenn es dir gelingt, nur Mich und wieder Mich im Herzenssinn zu haben, kann Ich dir Mein Innerstes und Allerheiligstes voll Verve und Seinsvertraulichkeit verehren. Das ist dann ein Fest der Freude über das Gelingen eines grandiosen Planens und Sich-gegenseitig-recht-Verstehns. Du ahnst und weisst zugleich, was du dir Bist in Mir und Meinen überwältigenden Angelegenheiten. Unermesslich reich und zugleich unbemittelt stehst du in dem Einen, das Gewähr für Tugend, ewige Jugend, Beschaulichkeit und Wohlfahrt bietet, jetzt und immerdar.

5.25
Tausendblättriger Lotus im Teich der Hoffnung, wie bist du so schön. Im himmlischen Arom der Morgenstille, verbreitest du den Duft des Wohlbehagens an dir selbst in der vollendet dargestellten Seinspräsenz, die Ich dir unentwegt zugutehalte. Du funkelst, wie ein zauberhafter Diamant, der Welt die Anmut der Gottseligkeit, in der du ruhst, entgegen. Was dich ins Unendliche erhöht, ist die verehrungswürdige Gestimmtheit deiner Farben, deren wohlerwogene Natürlichkeit die Seele, wie das Herz, in Andacht und Gelassenheit versinken lässt. Wie von hundert Nöten reingewaschen steht der Mensch vor diesem Wunder der Erhabenheit und ahnt den Schöpfer dieser makellosen Schöne, der Ich Bin und der sich in der Trautheit des begeisternden Geschehns den Vers des liebevollen

Seins erzählt, das alle Welt in sich behütet, selig macht und stählt.

5.26
Minutiös und wohlgeraten überbringe Ich dem Gottesvolk die Lehre für den Fortschritt und die Meisterschaft, die es erringen soll im konsequenten Siegen. Was Ich verkünde, soll auch Antrieb für dich sein zu wundervoll beschwingten Taten, die dein Sein mit Ruhm und Ehre, Freundlichkeit und Friedefertigkeit versehn. Es ist die radikale Läuterung, die dir vor allem nottut, um dich in den Stand der guten Hoffnung auf das Eins und Einigsein mit Mir und Meinesgleichen zu versetzen. Allein die Klugheit kann dir dazu wenig nützen. Dein ganzes Leben ist ein Seelenabenteuer von entscheidender Bedeutung für den guten oder miserablen Fortgang deiner Seinsgeschichte. Dein ist der Wille, Grossartiges und Kühnes anzuziehn und es mit Meiner Hilfe und in Meinem Sinne glorreich zu vollenden.
 Der Trend zum Ausserordentlichen ist behutsam und bewusst von Mir in jedes Menschenherz gelegt. Doch wird er nur von einer kleinen Schar zutiefst erkannt, und diese leitet ganze Völker dazu an, das rechte Ziel zu wollen und zu finden, das Ich Bin im Glanz der Sonne, wie im Lichte der Verherrlichung des Alls mit allen seinen Wesen und Geschichten, Wirkungen und Solidaritäten, Katapulten und Kreationen, zahllos, schmuck und solitär.

5.27
Ein Millennium zu feiern ist für dich nur angebracht, wenn du dir deiner Unvergänglichkeit bewusst bist über Generationen. Du kommst und gehst - und dorthin, wo du gleitest, ist's ein Kommen in die

Geistwelt als Geburt ins Ewige, bewusst und zart, verheissungsvoll und seinsgediegen. Machst du mit, so schweben die Gedanken über Lichtabgründe wohlgefälliger Natur dahin und die Gefühle lassen bunte Freudenröslein aus sich spriessen. Du erlebst dich als der Inbegriff der Seligkeit in deinen Wundern und erlabst dich an den Früchten deines weltgewandten Tuns.

Es eröffnen sich dir kosmische Belange in des Raums unendlichem Gewahren, derweil des Seiens zeitlose Attitüde dein Gemüt aufs Trefflichste bewegt. Im namenlosen Schweigen der Gefälligkeit Elysiens erfährst du, was es heisst, des Freiseins Glorie und Gediegenheit zu kosten. Du lächelst dir und allen Wesen, die dich mild umgeben, Seligkeiten zu und gewinnst dich selbst, indem du dich bis auf den letzten Rest verlierst in ihnen.

Deine Einheit, Einigkeit und Stärke ist das Sein geworden, das Ich Bin und dessen Wirklichkeit hier alle innig spüren. Daraus ergibt sich die geheiligte Gemeinschaft der Verklärten, die da *sind* und sich in ihrem Sein aufs Zärtlichste durchströmen.

5.28
Gleiche Spiesse für die vielen, die da kämpfend und erobernd durch das Leben schreiten. Ohne Aufruhr will hier nichts gelingen, ohne Friedfertigkeit kann nimmer wahres Glück erstehn. Demnach musst du beides aufrecht in dir halten und in angemessner Weise beidem seine Rechte zugestehn.

Machst du mobil, benimmst du dich wie einer, der sich selber nicht versteht und noch viel weniger sein Gegenüber. Willst du Frieden, liebe, was dich quält, und setze dir Mein Bild vor Augen, der Ich in ewiger Unschuld, Selbstbewusstheit, Daseinswonne und Beglückung selig ruh'.

5.29
Bodendeckend sind die lauteren Gesänge, die in der Älplerszene Meinem Herz entströmen. In die Ferne wallt der ehrenvolle Gruss und kündet Andacht, Wohlgefühl und Frieden.

Kennst du das Ländliche, gewahrst du viel von Mir und Meiner Art, Mich umzusetzen in ein Bildnis spiegelblanker Schöne. Betroffen bist du von dem Form- und Farbenreichtum, dessen Schmelz Ich vor dir ausgebreitet habe. Dir ist es anheimgegeben, alle Sorgfalt und Gewissenhaftigkeit auf seine Pflege zu verwenden, damit Mein Kleid sich ständig wie ein Paradiesesgarten präsentiert.

Der holden Unschuld gleich sollst du dich im Vertrauen wiegen, das du Mir seelenvoll entgegenbringst in deinen ungewissen Tagen. So schmilzt die Grenze zwischen dir und Meiner Allverfügbarkeit und du gewahrst dich als ein Heimgeholter in Mein Reich der ungezählten Liebesgaben. Aus Meinem Überflusse darfst du trinken, voll Gnadenstolz an Meiner grünen Seite gehn. Der Tross der Lebensängste ist verschwunden und die helle Sonne purer Seinsgerechtigkeit glänzt über deinem Haupte wunderbar.

Was soll Ich dir von Mir noch Schickliches erzählen? Dass es keine Regel gibt, die dich von Meiner Sagenhaftigkeit, Bastei, Genügsamkeit und Vaterwürde trennt im hell- und heiligmachenden Vereinen.

5.30

Peter Pan mit seiner Flöte klärt den Seelenhimmel, bis Mein Antlitz leuchtet über dir und dein Gemüt gelöst und heiter wird in wonnevollem Selbstgenügen. So rasch und flüchtig wandelt sich dein Sinn vom kritischen und kritisierenden Gefüge zur erhabnen Schau der Dinge, wie sie wirklich *sind* und frohgemut ihr Sein erleben. Hast du das begriffen, fällt es dir nicht schwer, den Ton und Takt zu finden, der dein Bewusstsein in die Gottesweiten führt, in denen Friede, Sanftmut, Genialität und schöpferische Spiellust herrschen. Das macht, dass vordem Unbekanntes dir bewusst und heimisch wird und sich dein Weltbild mählich ändert von der breitgewalzten und banalen Szenerie zu faszinierend hochgeworfenen Lebendigkeiten, die dir Ansporn sind zu ebensolchen Wundertaten.

Das wahre Weltgefüge hält sich fern von statischen Beharrlichkeiten und bewegt sich oszillierend und rotierend, ventilierend und markierend stets voran zu immer neuen und erstrebenswerten Situationen, deren Schmelz und Schicksalskraft das Menschenherz erhebt zum Glauben an sich selbst und an der Götter Wohlgesinntheit und verbindliches Gehaben.

Das Reich der Geisteshöhn ist ein gar zierliches und quirliges Quartier, in welchem Licht, Begeisterung am Sein und Unbeschwertheit dominieren. Die Dinge der Allherrlichkeit sind darin vor dir ausgebreitet und berücken und bestücken dich mit Sang und Klang vom Himmel der Gerechten und vom Herrn Geliebten mit den allerherrlichsten Nuancen.

6

Potential für deine Zukunft

6.1

Moralische Verpflichtung ist das Schlagwort, das Ich dir in guten Treuen unter die gerümpfte Nase halte, damit du schnellstens einsiehst, welches Potential für deine Zukunft im vollkommen schicklichen Betragen liegt. Denn, was du immer unternimmst, soll Gottes Weisheit, Sternenglück und holde Anmut in sich tragen.

Die Gelehrten aller Länder bringen selbst ihr lebelang nicht so viel Witz, Genie und Logik auf die Waage, wie *Ich* es in Sekundenschnelle kann, um Meinen Schöpferwillen zu behaupten und Schönheit, Majestät und Göttergleichheit in die Welt zu giessen.

Die Summe aller deiner Liebestaten soll das Scherflein sein, das du Mir zuträgst, um Mir Ehre, Dankbarkeit und blütenreine Achtung zu erweisen. Das ist dann Meine allerlieblichste Errungenschaft, dass alles, was da *ist*, sich unisono Meinem Wesen zuneigt und sich Meinem Willen unterzieht, damit die Unverbrüchlichkeit des Seins behütet wird, ins Strahlenlicht der Göttlichkeit erhoben.

6.2

In welche Richtung sollst du dich bewegen? Vorwärts und zurück zur selben Zeit. Das sag' Ich dir, um dich zum Widerstand herauszufordern und dir die Gedanken zu erklären, die dabei im Spiele stehn. Ständig vorwärts musst du mit der Weltgeschichte gehn, die sich wie ein riesenhafter Hochzeitswagen durch die Zeit bewegt und immer Neues will gebären. Das ist grandios und evolutionenträchtig, recht und gut, doch muss es auch ein wohlbedachtes Schreiten sein zurück zum Vater aller Dinge als zu Mir, von dem sie ausgegangen. Irdisches muss sich ins Geistige gebettet wissen.

In einem grandiosen Weltenschauen fügt sich alles, was da *ist*, zu einem wunderbar gesegneten und wohlgeformten Ganzen und Erhabenen zusammen; immerfort von Götterhand bewegt, darf es sich sicher und gelassen in ihm fühlen. Weisheit tritt hervor und Widerstände schmelzen, wenn sich in den Weltenwesen das *Ich Bin* in seiner Gnadenfülle offenbart.

Trau dem, was *ist*, und schau in dir allwie in einem Spiegel das Allgöttliche sich präsentieren! Erlebe dich im Sein und alles ist dir heil und heilig, ewig heiter und erhaben, Gegenstand der Seligkeit geworden.

6.3
Nur durch das Tor der göttlichen Gebärde gehst du in den Himmel der Gerechten ein und schaffst es, dem aufs Haar zu gleichen, was sich Sein nennt im erhabenen Allhier. Es lädt dich ein und winkt dich durch auf allen Stationen, wo du, mit Vertrauen angereichert und belebt, erscheinst. Fingerzeige werden dir gegeben, Fakten liegen auf dem Tisch, die alle ins Urewige weisen, das du Bist, und dem du nimmer dich entziehen kannst. Sanctus rufen dir die Geister hoffnungsvoll entgegen, wenn du nur den kleinen Finger rührst, um ihnen zu begegnen und um damit deines wahren Erbes teilhaft und akut zu werden. Das Bewusstsein deiner Geisteszüge macht dich leicht und licht und froh durch alle Böden und Behinderungen und bedeutet dir unendlich viel. Eingepfropft ins Ewige erfährst du, was du Bist und darfst dich daran himmelhoch erfreuen. *Es* rührt dich sanft und seelenvoll zuinnerst an und überträgt, was dir gebührt, auf deine Fibern. Du spürst, was *Ich* dir Bin und was Ich um dich breite: Frieden und Gerechtigkeit am Sein, Natürlichkeit

des Daseins, Herzensgüte und die Aussicht auf unendliches Genesen.

6.4
Nun gut? Es scheiden sich die Geister an den Seinsbegriffen, die da gängig sind und wohlgemeint und wunderbar. Dem einen schon missfällt dasselbe, was den anderen entzückt, und wenn du glaubst, du habest es begriffen, so begreift dein Nachbar alleweil das Gegenteil davon. Nur Mir gelingt's, die einzig richtige und angemessne Ansicht von den Weltendingen, wie auch von Mir selbst, zu haben, weil Ich alles Bin in allem, was da *ist*, vom Aufgang der Geschichte bis zu ihrem seinserfüllten Scheiden. Träger Bin Ich aller noch so feingefächerten Nuancen, alle noch so struben Stürme sind Mir unterlegen und der Wucht der grössten Wogen stellt sich Meine unbekümmert, resolut und siegesfroh entgegen. Was kann nun zwischen Mir und dir zur selben hochgebenedeiten Ansicht führen? Die Erkenntnis, dass wir *sind* dieselbe Ader in dem geisterfüllten Urgestein der Welt und dass wir nur uns selber uns entgegen stellen können in der Unvernunft der Tage, die wir mählich und entschieden zu bewältigen haben. Machst du es wie Ich und lässest du des Seins unendlich liebevollen Kräfte spielen, so geschieht das Wunderbare, dass die Einheit aufblüht und sich alle einig sind in der Bewertung der bedeutenden, wie der verhängnisvollen Welt- und Göttertaten.

6.5
Ungeteilter Meinung Bin Ich über Mich und Meine Herzensangelegenheiten, die Mir all so lieb und teuer sind im kosmischen Gefüge. Geradeaus ge-

sagt, betrachte Ich die Dinge der Allherrlichkeit als Meines Eigentums Faszikel und Rendite, die für alle Zeit aufs Trefflichste verwahrt in Meinen Büchern aufgeschrieben stehn. So kann Mir niemand etwas nehmen, ohne dass Ich's merken und vermerken kann, derweil Ich alles Bin im Lande der Unsterblichkeit, Serenität und Seelensicherheit von eignen Gnaden.

Vollendete Bewusstheit ist Mir eigen über alles, was Ich je geschaffen und getan. Unzweifelhaft behalt' Ich so die Schau auf jede noch so kleine Regung, Regelmässigkeit und Unbedarftheit, die da *sind* und sich chaotisch und gekonnt ins Unermessliche verbreiten.

Hast du begriffen, dass Mein Sinngedicht und Stil zutiefst erstrebenswert und heiter, dominant und majestätisch sich gebärdet, wirst du tunlich und geflissentlich darauf bedacht sein, Mich in jeder sprossenden Nuance nachzuahmen, ellenweit und seinsintim.

Das ist es was Ich wollte, dass Meines sich an Meines schmiegt und in wunderbar getragener Geselligkeit zu Meinem findet und sich an ihm bis ins Unendliche erhöht. Äonenlanges Schweigen scheint Mein Sein und Meinen Sinngehalt zu prägen, doch da täuschest du dich sehr. Wo du gewohnt bist, alles in markanten Tönen, Konversationen, Predigten und Monologen aufzusagen, setz' *Ich* Mein Gedankenarsenal in Szene und erreiche damit mehr als du mit deinem wilden Rufen, Flüstern, Peitschenknallen und erbärmlichen Fallaria in allen Längs- und Breitengraden.

Nun sprech Ich dir genauso ins Gewissen durch gedankenscharfe Aktionen, die dich bis ins Herzblut treffen sollen. Du neigst zum Dösen, sag' Ich dir und deshalb schreck' Ich dich mit widerspenstigen und klirrenden Gedankenfolgen auf, um dir Respekt,

Aufmerksamkeit und Stillsein vor dem Allerhöchsten beizubringen. Ich schwärze dich nicht an, doch legt sich Meine bittende, eurythmische Gebärde oft wie eine Klage Gottes über dein historisches Versagen, derweil es Mir allein um Aufbau, Wohlgefälligkeit, Bescheidenheit und Tugendstärke geht in Meinem unermüdlichen Philosophieren.

Hast du genug davon, dich in den Windungen und Wänden deiner Labyrinthe auszutoben, ist es deine Riesenchance, die von Mir gereichten Hände tunlichst zu ergreifen, um sogleich im Mittelpunkt und strahlenden Geflüster einer neuen Welt zu stehn.

Was du gewinnst ist gütevoll ins All gewachsene Unendlichkeit, in der sich's lebt und wirkt wie im Schlaraffenland in wonnevollen Tagen. Die wahre Würde blüht dir auf und alleweil bist du von Fabelhaften, Unbescholtenen und Hocherhabenen umgeben. Deine Züge ziehen Makelloses magisch an und vereinen das Zerstreute unter einer wunderbar gediegenen Gebärde, die Ich Bin und die das All durchflutet und aufs Freundlichste belebt.

Das ist Meine Stärke und Glasur, dass Ich Mein Sein ununterbrochen, ungeniert und weisheitsvoll an alle Welt verspiele und dass Ich Mich so rühmen darf, als Einziger für immer wach zu sein mit Meinen Plänen, vif und wundertätig in des Universums grandios gestaltetem Verlies. Ich Bin nicht minder, was Ich Bin, wenn Ich auch noch so viele Welten aus Mir ragen lasse in der grossgefächerten und grandiosen Offensive, die Ich mit Sachverstand, unendlicher Erfahrung und Beflissenheit in Mir betreibe. Künde du Mir dein Begreifen an, indem du wissend, weise und vernünftig Meinem Duktus dich ergibst und somit Meines Myriadenwerkes Zierde und Vollbringer bist inmitten aller deiner Nöte und Querelen. Du bist so süss und saftig, sinnlich, sinnvoll, selektiv und auserlesen wie Ich's bin im

Schwung der Auseinandersetzung, die Ich pflege. Das macht dich munter, mächtig, genial und seinsverständig im Entzünden jener Himmelslichter, die von Meiner Güte zeugen. Raschle du voll Glück im Rascheln Meiner göttlichen Gedanken und erkläre dich als magistral im Sinn des Ewigen, das du dir Bist, verschwendet und vereint, gutgläubig, gutgelaunt und meisterlich in Mir.

6.6
Anima mundi, vielgeliebte Weltenseele, die die seinsgeschwisterlich gesättigte Empfindung wahrer Liebe in sich trägt, wie sehr darf Ich dein Renommee und deine allgeweihte Zärtlichkeit ver-ehren, indem Ich deine Freundlichkeit und Milde still entgegennehme und in wohlgesitteter Manier in Mir und um Mein Sein verbreite, um der Gelassenheit und Schönheit willen, die daraus ersteht!

Gelobst du Mir, als ein Vernünftiger und Zukunftsträchtiger zu handeln, will Ich dich mit dem Arom der gütigen Gerechtigkeit durchströmen, das die Lieblichkeit des Lebens fördert und dem Glauben an dich selbst Geduld und Kraft verleiht in fabelhafter Symmetrie.

Dir mögen noch so viele Zwitterhaftigkeiten, Sanktionen und Bedürfnisse begegnen, immer überwinde Ich in dir die Schranken, die dir schroff entgegenstehn. Klärung, Himmelsklarheit und Ergebenheit sind angesagt in deiner Situation, von Mir gesundet und aufs Auserlesenste gerundet, abgegolten, ausgekostet und von Mir erfüllt, beständig und geständig in der Gottesliebe lichtem Saal.

6.7

So richtig aus der Reihe tanzen kannst du nur mit Mir, weil jeder andere Auslauf in die Irre geht des Wahns nach Selbstbehauptung, Sinnenschein und wackerem Im-Trüben-Fischen. Es gibt da wesentliche Mängel zu beklagen, wenn die vielen Meinungen schön vor Mir aufgereiht betrachtet werden, denn als wirklich kann nur eine oder eben keine rechterdings betrachtet werden. Sicher Bin nur Ich, weil Meine Kenntnis ins Vergang'ne wie ins Künftige zutiefst getäuft ist über kräftestrotzende Äonen. Was sich da geäussert hat und sich demzufolge fortträgt in unendlich weite Fernen, ist pompös und zierlich, rabiat und einfühlsam in Mein Bewusstsein eingeschrieben. Jeden Individuums schicksalsträchtige Mensur ist Meines eigenen Befindens Thron und Tücke, Konsistenz und zärtliches Zerfliessen. Sämtliches Geschehn der Welten ist im Unermesslichen taufrisch um Mich gebreitet als ein seinspotentes Faszinosum, dem sich kein Redlicher entziehen kann im fortgesetzten Staunen.

So auch du, und das bringt dich dazu, nicht mehr zu wissen, was du willst, ob all dem Vielen, das in dir präsent ist und taktiert, beflügelt und rumort. Da gibt es nur ein Mittel, um hinwegzukommen über das Geschiebe, nämlich: Für Momente alles über Bord zu werfen, was du weisst und dein blosses Sein Mir zu vertrauen, der Ich Bin und der du Bist im Einssein wie in hunderttausend Variationen. So gelingt es dir, dich in dir selbst zu finden und zu festigen und dich als Sein vom Sein gelöst, erlöst und völlig frei zu fühlen.

Ewig heiter ist dein Herz, wenn es in Mir sich etabliert hat und in Wachsamkeit und Würde, tief gefasster Menschlichkeit und Generosität in Meinem Sinn agiert und Meine Gegenwart verehrt im Hochgewinn, der ihm von Mir aufs Traulichste und Liebenswerteste beschieden.

6.8
Punktlandung nenn' Ich, was für dich infrage kommt, wenn du nach deinen nächtigen Eskapaden ins Geistgebiet dem winzigen Erdplaneten wieder zustrebst und dem Ort, wo sich dein Körperchen befindet, um es wieder zu besetzen für den Tag. Da muss dein geistig Wesen wohl mit einem Silberfädchen mit dem Leiblichen verbunden bleiben, damit du's nicht verlierst im Allraum, den Ich meine.
 So viele Dinge gibt es, die dich allen Ernstes wesentlich betreffen, und du siehst sie nicht, weil deine Geisteskräfte sie sich vorzustellen nicht vermögen. Da kann nur ein beständig unerschrocknes Üben hilfreich sein, bis dir bewusst geworden ist, wie wirklich beispielsweise Engel existieren.
 Was dir frommt, ist in den Sternenraum geschrieben und was tag und nächtig dich von ihm durchflutet, sind Gedankenkräfte, die dich führen, stärken und veredeln wollen. Widmest du dich voll Erwarten ihrem Wesensein, das dich still und licht umgibt, begreifst du mählich ihres Seins und Sinnens Gegenwart und kannst ihre Diktion in klare, kluge Worte fassen. Die Verbindung mit der Geistwelt öffnet dir die wunderbarsten Perspektiven auf die Zukunft hin, die dir und aller Welt beschieden. Es gilt, den Geistraum zu erobern und in ihm dich feierlich und froh zu etablieren. Austausch ist zu pflegen zwischen inkarnierten und leibfrei gewordenen Gemütern in bewusster Übereinkunft, Seelensicherheit und namenloser Harmonie.

6.9

Bastionen gegen etwas bauen bringt nicht eben viel. Du wunderst dich, wenn nichts geschieht, wirst schläfrig und bist bass erstaunt darüber, wie es dem Feind gelungen ist, dich unverhofft zu überrennen und dir allergrösste Schande zuzufügen. Unbesiegbar wirst du nur, wenn du in stetem Wachsen Mir entgegenstrebst, derweil du Meiner Hilfe ganz gewiss sein kannst in allen deinen Nöten. Meiner Schwingen Schub und Tatkraft ist unendlich gross und misst sich mit den überwältigendsten Legionen. Stürmen ist Mein griffigster Befehl und allseits Siegen Meiner Tüchtigkeit und Tapferkeit Vollenden.

Wahre Grösse ist den meisten nicht genehm. Sie bezeugen Mühe, diese ebenso gewandt und locker wie Ich zu erreichen und verheddern sich in nutzlos aufgeworf'nen Spekulationen. Demnach Bin Ich dir der einzige Trost, die wohlgefälligste der Hoffnungen, wie der Gesang Elysiens, der deinen Ohren lieblicher als alles klingen muss, was du vordem vernommen.

Sieh, Ich mein' es gut mit dir, indem Ich dir die schwersten Brocken unermüdlich aus dem Wege räume und dir jede Unterstützung biete, um dich fabelhaft auf Trab zu halten und deine Reputation zu stärken vor dem Herrn, der Ich dir Bin und immerwährend bleibe.

So steigst du auf, um vor dem Mittag Meine Höhe zu erreichen und dich einzuschreiben in das Buch der Weisen und Gerechten am Geschehn. Du Bist und bist in Sachen Mit-Mir-einig-Sein unwiderruflich ein Verständiger geworden, dem Ich vertrauen kann und der Mir allertiefst vertraut in der Geschichte seiner Glut und seines Avancierens.

Schlussendlich sind dir alle Künste und Kaprizen, Steigerungen und Verfügungen bekannt, die dich zur Meisterschaft und zum Erfolg in allen Geistesdisziplinen führen. Du gehst feierlich und heiter in den Himmel der Gerechten ein und lässest dir von Mir Holdseligkeit am Sein bezeugen. Glorie Elysiens ist dein Los und Munterkeit der Sterne deines Seinsbewusstseins Weihe, Wohlfahrt, Sinngedicht und Tagen.

6.10
Kantönligeist kennt viele Grenzen und Behinderungen, die die offenherzigen Vertreter des Allmenschlichen nicht sehn. Ihnen gilt es Grenzen dort zu setzen, wo allgemeines Bürgerrecht verletzt und widerrufen wird. Global gesehn stehn jedem Menschenwesen ganz dieselben Rechte zu allgöttlicher Manier - und mit dem Siegel wahrer Wirklichkeit versehen. Es ist nicht gut, wenn die Geschicke vieler Menschen nur von unten her bestimmt und eingerichtet werden. Sowie Mein Einfluss fehlt, verheddern sich die Geister in profanen Selbstgefälligkeiten und erschweren sich ihr Los mit plumpen Spiessereien und bedenklich hingeworfenen Allüren.

Wohlverdient sind jene Werte, die aus der Verbundenheit mit Mir hervorgehn. Sachverstand allein lässt das erhabne Feingefühl vermissen, das Ich ohne jeden Eigendünkel auf die Waage der Entscheidung lege. Hast du es mit Mir, kann dir kein Lapsus unterlaufen, weil Mir, bis weit ins Künftige hinein, die Wirkungen bekannt sind unbedachter wie bewundernswerter Taten.

Wer sich von Mir beraten lässt, setzt ein Zeichen reiner Weisheit in die Welt und darf dafür den Duft des Ewigen in sich eratmen. Was Ich empfehle ist, nicht vorzuprellen, sondern Meiner Art gemäss fein säuberlich auf den Bescheid zu warten, der aus dem Unendlichen erspriesst. Du schweigst, derweil Ich rede. Du empfängst, was Meinem Überfluss und Reichtum, Meiner Wohlerwogenheit und Tugendhaftigkeit entspringt und was Ich dir besonnenen Herzens zugemutet habe.

So ist schlussendlich alles gut, was dergestalt geschieht und was Ich im allräumlichen Betrieb und Regelwerk erfunden und aufs Beste eingerichtet habe. Mache dir ein Fest aus dem, was dir von Mir gehört und lass daraus den Wohlklang reiner Herzensfreude in die Weiten fahren.

6.11
Ins Frührot Meiner Träume eingebettet warst auch du und warst ein Etwas, das sich völlig unbewusst durch Mich im Weltenall bewegte. Du warst ein Schatten Meiner selbst, dem damals alles innewohnte, was Ich selber war. Erst im Gedankenstrom der sich entfaltenden Äonen war es dir gegeben, ein Bewusstsein von dir selber zu erlangen, das sich mählich steigerte bis zu dem, was du dir heute Bist als Wesen menschlicher Gestalt und Sitte, Tüchtigkeit und Tatkraft, Selbstbewusstheit und Genie.

Doch in dem Wandel durch Äonen hat sich das Bewusstsein von dir selbst im Körperlichen konzentriert, sodass du nicht mehr weisst, dass du am Anfang wie am Ende Mich Bist in der Geist-gestalt, in die Ich Mich in dir gegossen habe. Dies zu erkennen ist dein künftig Hochgebot, so wie es Meines ist, gerundet und gesundet, heil und liebevoll in dir.

6.12

Noch immer ist die Stille des Gemüts der erste Morgengruss, den du in deiner Welt von Mir empfängst nach deinen nächtigen Eskapaden. Sie lässt die Seele noch ein Weilchen heiter sein an sich im makellosen Schweigen, das ihr das Unendliche gewährt, dem sie sich nächtig hingegeben. Wie kommt es denn, dass zwischen Tag und nächtigem Befinden so viel Unterschied besteht? Das ist die Sorgenlosigkeit, in der sich dein Gemüt befindet, derweil es in Mir ruht und deine Leiblichkeit mit sanft geschlossnen Augen daliegt, ohne sich zu regen. Das ist für dich ganz wirklich und du solltest dich schon fragen, wieso dich denn die Dinge deines Alltags so frappant berühren, wenn sich doch im Grund genommen nichts geändert hat an deinem In-der-Welt-Sein, hier und dort zugleich von Erd- und Himmelsluft umgeben.

Da doch alles Sein in Mich gebettet und von Mir behütet ist, besteht kein Grund, dich über irgend etwas aufzuregen, was da kommt und geht, derweil dein ewig Teil von all dem nicht betroffen ist. Unnötig sind die täglichen Bedenken, ob sich dies und jenes auch gebührend arrangiert. Denn in Mir und Meiner Zeitenlosigkeit ist immer alles schon gelaufen, was bei dir noch tickt und dich belasten will mit Tausend Widersprüchlichkeiten.

Wahre Lebenskunst lässt sich nicht mehr ins Bockshorn jagen von den so üppig sich gebärdenden Illusionen, die doch in Meinem Reichtum keinen Grund und keinen Anhalt haben. Bedenke dies und sei in Mir für Zeit und Ewigkeit aufs Trefflichste geborgen.

6.13

So unfassbar ist alles, was die Himmelsräume ziert. Was die blossen Menschenaugen niemals auszumachen wissen, wird in teleskopischer Verjüngung sichtbar, die uns Fernen nahe bringt, welche nur im Jahreslichtmass noch vernünftig dargestellt und abgehandelt werden können. Durch die Verkleinerung wird eine Riesensonne zum flirrenden Partikel, eine milliardenschwere Galaxie zum lichten Wölkchen, deren Ränder Sterne sind, herausgelöst aus abervielen. Frappierend aber ist, dass Galaxien wiederum in Milliardenzahl erscheinen. Das Ganze kannst du nur zu denken suchen und du kannst dich füglich fragen, warum das alles *ist* und welchem Spieltrieb zu verdanken. Nun denn, es ist Mein Aberwillens Vorfall und Vergnügen, Meiner Musterung unendliches Revier und Meiner Leistung Auserlesenheit im Klang und Sang verwirklichter Äonen. Dir bringt es nichts als Staunen über Farbennebel, Sterngeburten und ihr gleissendes Vergehn, doch Mich erschüttert jede Regung des Allwirklichen in Meinem Sein und Meiner geistgesättigten Struktur. Es heben sich und sinken die gewaltigen Gezeiten in des Universums Millionenbeben. Ich Bin *Es*, das sich aufwirft und verebbt, das lichterfüllte Kreise zieht, geschwind, geschwind, derweil sie im unendlichen Entferntsein sich unendlich langsam zu bewegen scheinen. Das alles ist die Sache der gestaltenden Vernunft, die über allem und in allen voll lebendig sich verbreitet; es ist das Nonplusultra dessen, was vibrieren und taktieren kann und was sich selber liebt, indem *Ich* es als Mein unendlich Eigen liebe. Stelle dir das vor, ein licht- und lieberfülltes Schauspiel reinen Göttlichkeit-Empfindens, eine Gabe an die eigene Natur, in der Ich schwimme, wimme und die Segnungen empfange, die Ich selber Mir vergab. Es lebt

-und ruht- Mein Sein im selben Zuge, und was Ich Mir erschlossen, ist Begeisterung am Werk, das Ich getan. Ich tu' es noch und noch und will Mir nimmer Einhalt bieten, denn es ist das Grundprinzip des Lebens, immer neu und neu zu sein in seinem Fühlkreis und Sich-selbst-Verschwenden.

Geh in dich und schau es ebenso als eine kreisende Triade der unendlichen Bewusstheit von dir selbst im Eingebettetsein in Es, das Ich Mir Bin und das des Allseins Stärke ist, erfüllte Wonne und beglückendes Relieve.

6.14
Marzipan mag süss sein allsolange, wie man es im Mund dem Gaumen präsentiert und genüsslich hin und her bewegt, bis es im Schlund auf immerwiedersehn verschwindet. So sind aberviele Lebensdinge nur für ein Momentchen zart und wunderschön. Die Seele jedoch sehnt sich nach Beständigkeit und nach dem Equilibrium der Kräfte, die sie durch die Lebenszeiten tragen.

6.15
Wer ist würdig, sich als Sein in Unvergänglichkeit und Grazie Elysiens zu fühlen? Jedermann, der will in seinem Innersten Erkenntnis von der allerfeinsten Art erfahren und gebührend feiern, aller Zukunft frohgemut entgegen. In jeder andern Ansicht von dir selbst verwickelst du dich unbedingt in Widersprüche, die dich unentschieden, unfrei und mit mannigfachen Fehlern hinterlassen, ohne Rast und Ruh', wie sie dir wunderbarerweis von Mir beschieden sind. Wählen kannst du jederzeit zwischen dem Debakel krasser Unerfahrenheit im geistigen Gebiet und der vollendeten Synthese mit

dem Wesen der Gottseligkeit in dir. Alles Kränkliche der Welt muss schwinden und im unbeschadeten All-Heilen wieder auferstehn.

Tränke dich von Tag zu Tag mit götterlicht geborenen Parolen und du wirst von selber lichtvoll, seinsglückselig und erhaben.

6.16
Dickhäuter kommen und vergehn auf Nimmerwiedersehn und ohne, dass sie viel dazugelernt und ausgestanden haben. Das mag ihnen gut tun, doch versäumen sie es, etwas Nützliches zu aquirieren auf der vielverschlungenen Fährte, die sie resolut bestapfen. Sie machen sich's gar leicht, derweil es Mir versagt ist, ihnen beizubringen, was dem Wirklichen entspricht und was Mein Beitrag ist zum überragend konzipierten Weltgedeihen.

Ausgedehnte Fristen habe Ich gesetzt, um jedem Einzelnen für das Erfüllen seiner Pflichten reichlich Spielraum und Gelegenheit zu geben. Doch packt er sie nicht an, verliert er eine Stufe seines Seinsentfaltens ohne Wiederkehr.

Gross gedacht ist halb gewonnen und der Grossmut frei verpflichtet, ebnet alle Wege zum Erfolg und zur Begütigung der Sphären. Nie genug kannst du an deiner, wie an Meiner Sache, generieren, denn das Unerschöpfliche will sich auch unerschöpflich viel erlauben. Ratlosigkeit wird von Mir wärmstens unterstützt, wenn nur der Wille zum Gestalten vorwärts drängt und sich die Liebe zur gerechten Sache voller Anmut offenbart.

Rührst du etwas an, so rühre Ich Mich ungesäumt an allen Enden deines Reiches, um dir hilfreich und entschieden beizustehn. Es ist nur recht und billig, wenn dein Wohlverstand durch Meinen alle Förderung erfährt, um die Bedeutung deines Werks zu steigern und Meinem Sinn gemäss gewaltig zu umfluten.

So wird was wird und ist was ist, in Meiner Genealogie der guten Taten, denn alles wird schlussends in Mir getan. Mein ist das deine und das deine ist in Mir aufs Meisterlichste und Ergiebigste getan. Dann gilt es, allgehörig durchzuatmen und dem Ruhn auf den Lorbeeren mächtig Mussezeit und Grazie des Himmels einzuräumen, vollharmonisch, friedevoll und wunderbar.

6.17
Ebenmass im Grünen sollst du finden und dein Auferstehen feiern in den Armen der allherrlichen Natur. Finde und erfinde, was dir frommt in deinen neu gewonnenen Lebenstagen, und erfülle sie mit feinem Herzenssang, Begeisterung und Harmonie. Was immer du mit liebevollem Blick umfängst, wird dich voll Herzlichkeit empfangen, und wessen Fahne du auch immer hissest, wird dir treu und tatenfroh zur Seite stehn. Bedenke, wie erfolgreich und geschwisterlich du sein kannst im Gefolge deiner guten Taten und erlebe dich als einer, der vom Reich der seelenvollen Geister was versteht. All dies soll im rechten Augenblick geschehn und dein Geschick für Wohlverstand und Gottesminne offenbaren. Lebe wohl in deinem so dich Wohlbefinden wie das Silberfischlein in der See und umgebe dich in deinem Reich mit makelloser Schönheit, Heiterkeit, mit Lebensliebe und Bewusstheit, wie mit alles überströmendem beseligendem Herzensfrieden.

6.18

Ein Metier ohne Konkurrenz betreiben: Ist das nicht nett und wunderschön? Mit allem, was du handelst, immer oben bleiben: Muss dich da nicht allergrösste Lust am Dasein überkommen? Gerade so Bin Ich schon seit Äonen etabliert in Meiner Abergründlichkeit und Seinspotenz, wie in der Allmacht Meines universenweiten Mich-Verstrahlens. Es dämmert Mir ein ewig gutgeschriebener und unbescholtner Frühlingsmorgen am lichten Lebenshorizonte und versetzt Mich in den Freudentaumel der zum vornherein Verklärten.

Was Ich immer will, ist demnach schon als fix und fertig vor Mir aufgeschlagen; was Ich beschreibe, schreibt sich selber fort in den Annalen der Geschichte, die Ich laufend produziere. Es hat etwas Gewaltiges auf sich, dem Absoluten unverwandt den Puls zu fühlen und, mit dem Gefühl der Allmacht ausgestattet, in der Geistwelt seelenselig und gewandt herumzugehn. Jeder Tiefe zugetan, die zugleich Gewinn an wundersamen Höhen ist im Weltengarten, erfahre Ich Mich mehr und mehr als Ausbund der Beweglichkeit und Energie, von denen Ich bewusst und heiter, dankbar und erfolgreich zehre.

Mein Wille soll geschehn, darf Ich Mir höchst erwartungsvoll und ständig wiederholen. Mein Blick auf das, was Ich Mir Bin, zeigt immer friedevollere und unbekümmertere Züge. Mein Sein ist eine golddurchwirkte Welle wachen Wohlgefühls am Leben, das sich ohne jeden Makel in sich selbst bewährt und richtungsweisend ist für alle, die Mich sehnlich suchen.

Gottesgnade will Ich nennen, was auch dir gebührt, so linkisch du dich oft benimmst, denn sie erhebt dich langen Atems und geheimnisvoller Weise in die Sphären reinen Geisteslichts und seelenvoller Tugend, die sich in nichts von Meinen unterscheiden; denn es gibt nur eines, das für alle gilt im Bann der Universen: und das ist das Sein in Freude, Unbescholtenheit und Stärke wider allen Groll, wie in der Wonne des unendlich zärtlichen, beseeligenden Weilens.

6.19
Durch unsichtbare Wände gehn ins Freudenreich des Lichtes, wie der fein erfahrenen Nuancen die das Geistreich prägen, sei die Losung, die dir allezeit vor Aug' und Herzblut steht. Damit weitet sich der Sinn und das Erleben wird konkret in der all-einen Wirklichkeit, die *ist* und die Ich geistvoll, unermüdlich und markant vertrete.

Es gibt nur dies, um deines Herzens Unruh, Sehnsucht und Verspieltheit zu befrieden, indem du deines Hierseins Attribute stärkst und dich im klaren Denken übst, allwie im Stillesein vor dem Unendlichen, das Ich dir Bin und das der Würdigen Heimat ist und Hort, Bezug und inniges Genügen.

Was für Mich stimmt, stimmt auch für die die alles daran setzen, vor Gott gerecht und mutig, seinsverständig, liebevoll und unbeschwert das Tagwerk zu vollbringen. Ihr Bewusstsein wird durch das Verhalten moduliert, das ihnen hoch und heilig sein soll ohne jedes Murren, indem sie im Alltäglichen die Lebenslast bestehn. Liebend gern will Ich dich Stern der Weisheit nennen ob der Einsicht, dass du dir inmitten der Betriebsamkeit das Ewige erringst, das Ich dir Bin und das gewaltlos die Gewaltigsten Beförderungen unternimmt, die *sind* und die wie nichts zu Buche schlagen. Es gärt in dir dem Neuen, völlig Ausgereiften und Bewundernswerten zu.

Das Frühere wird zum Jetzt und das Kommende wird vom Jetzt bestimmt in einer Weise, die dich lehrt, bewusst im ewigen Augenblick zu leben. Wer weiss "Ich Bin" zu sich zu sagen, hat das Unvergängliche in sich entdeckt und darf sich ungeniert als auf- und abgeklärt bezeichnen.

Wider deinen Willen kann dir nichts geschehn, sowie er in dem Meinen ruht, der Allumfassendes regiert und Inniges mit Frieden tauft, mit prosperierenden Gedanken, zauberhafter Ruh und wonnevollem Weilen.

6.20
Majestät an sich von allerfeinstem Adel Bin Ich Mir, soweit das Geistesauge reicht, im Lande der vollendeten Verheissung, das Ich Mir voll Siegeslust beschwor. Wo wird die grenzenlose Wonne, wenn nicht hier, vor Mir erscheinen? Wo entdecke Ich Mich selbst als überragenden Vertreter der Natürlichkeit und Wohlgemutheit im Bewusstsein Meiner unerhörten Qualitäten? Unantastbar auf die Spitze des Erfolgs gestiegen, sonne Ich Mich immerzu in Meinen Werten und verbringe Ewig-keiten damit, Meinen Siegeslauf zu dem, was Ich Mir Bin, zu zählen.

Unbedingte Treue zu Mir selbst in allen Äusserungen, die Ich Mir beschwor, ist eine Folge Meines Reichtums über alle Lande hin im Sternenraum, der Meine Unermesslichkeit bestätigt und als Saldo Meines Seins das All als absolute Einheit der Gewalten deklariert.

Am Rande Meiner selbst beginne Ich, ins Unbestimmte auszuufern und dem Nichts und Niemand zu verfallen ohne jede Sicht und Spur im Innesein. Jedoch ist es Mein allergrösster Wunsch, Mir Wonne zu erweisen und dieselbe in erstrah-lender Gewissheit an die empfänglichen Gemüter zu verschenken, die Ich Bin im Überall, wo ihre Stätte ist geruhsam und gediegen.

Aus welchem Holz bin Ich geschnitzt, kann Ich Mich froh und füglich fragen? Aus Gedankenschärfe und unendlich zärtlichem Empfinden in Myriaden Variationen. Es ist die Sicht aufs Ganze, die so sprechen mag und sich ins höchste Eigenlob hinaufbegeistert, das da *ist* und seine Kreise zieht ins unermessliche Bewähren. Dir ist es nicht verwehrt, in ebensolcher Glut und Grazie zu verweilen und damit dein Scherflein beizutragen zur Vermehrung der Erkenntnis von dem allgemeinen Wohl.

Du bist der Träger von so viel Bewusstheit von den Weltendingen, wie du immer willst, wenn du nur den Schürfgeist in dir weckst und die Begierde, immer mehr zu wissen von dem Wesen, das dir eigen ist in der Geschichte, die du dir erzählst, allwie im Wohlgefühl und in der Herzenswonne, die sie dir bereitet, alleweil in Mir.

6.21
Wohlan, empor das Herz, denn alles, was in Mir getan, ist auch gewinnend und erlesen. Ich rechne unbedingt mit jenen, die für Mich die Finger rühren und herzinniglich die Gnade spüren, die von Mir ausgeht und ihr Innerstes erreicht in wohlgemessnen Zügen.

Wohin geht die Reise, willst du von Mir wissen? Nirgends hin, sag Ich, denn du Bist immer schon in Mir und brauchst es nur zu wissen, um damit dem intensiven Suchen ein beglückend Ende zu bereiten. Wieviel besser ist es für dich, deine Tage in der Kraft des Geistes zu verbringen, als in Wehmut um Verlorenes. Die Schulung Meiner Art besteht im anspruchsvollen Wandern auf den Berg der sieben Tugenden, die von Mir eingefärbt und eingefädelt, hochgezüchtet und dem Volk verkündet worden sind. Wo sie jedoch ihr Vollenden finden, trittst du ein ins Heiligtum der Einsicht, dass du Bist, die von Mir auserwählte und mit allen Ehren ausgestattete vernunftbegabte Seele. Wissentlich und willentlich ruht sie in Meinem gütevollen Schoss für alle Zeiten und Begebenheiten, an deren Fersen viele Fromme hangen, um dereinst in Freude und Elan, Vertrauen und Entschiedenheit in Meiner Obhut zu vergehn.

Dann ist jede noch so brüske Wendung gut und die Tage der Getreuen folgen sich in Liebesseligkeit, Bewusstheit, strahlender Bewunderung und seelenvoller Harmonie.

6.22
Wie reimt sich das auf "gut", was du im täglichen Mischmasch siehst, was dein Gemüt entsetzt, dass es inständig um Erlösung bettelt von der eingebrochnen Qual? Das ist nun eine Weltsicht, die vergisst, die Güte des Allmächtigen im Inneren zu suchen, wo Genialität und Werdelust, lebendiger Erfolg und Frieden sich die makellosen Hände reichen. Das soll dein Anspruch sein und dein Genügen, dass die Urkraft rein gestaltet und bewegt und dass sie, ihrer selbst gewiss, nicht aufhört, Edelmut, Verbindlichkeit und Lebenswonne zu verbreiten.

An diesem Punkte müssen sich die Geister scheiden, und dabei bist du explizit und schonungslos, radikal und ständig dazu aufgerufen, Mehrwert und Ergriffenheit, Tüchtigkeit und Loyalität zu produzieren. So erhebt sich deines Denkens Wucht und Wille konsequent zur Überzeugung, dass dem Kampf der Sieg und die entsprechende Gebärde auf dem Fusse folgt in sich verwallenden Äonenzeiten.

Sowie du dich zum Schicklichen entschliessest, schick' Ich dir das Wohlbekömmliche an sich, an dem du dich zutiefst erlaben und erfreuen kannst, genau im Sinn der priesterlich gesprochenen Parole: Zum Altare Gottes will Ich treten, zu Gott, der Mich erfreut von Jugend auf. So kenn Ich Mich und so will Ich auch dich erkennen, an der Ruhe des Gemüts, an der profunden Gläubigkeit, wie an dem Mass des Gottvertrauens, das du in die Lebensschalen legst.

6.23
Ich Bin Erkenner und Bekenner zugleich in den höchsten Lagen Meines Seins und bewerte und verwerte alles, was Mein eigen ist, auf wunderbar gediegne Weise, ohne je nach etwas anderem zu schielen. Das hat nun seinen Grund in dem, was Ich als Wurzel und Substanz, Besonderheit und Qualität seit eh und je in Meiner Unbedingtheit trage. Kein Einfluss irgendwelcher Art und Weise ist in Mir zu konstatieren, keine Wende macht Mich so, weil Ich Wahrhaftigkeit aufs Schärfste und in Reinkultur vertrete. Die Partei, zu der Ich Mich geschlagen habe, ist die einzige, die existiert im Weltensinne und von der man sagen kann, dass sie in allen Teilen und für alle das Gerechte an sich darstellt und aufs Trefflichste verwaltet. Das macht Mich aufs Entschiedenste bewundernswert, anzie-hend und gewiss auch wunderschön.

Was aber in sich selber einig ist, hat auch in dir unendliches Bedeuten und erhebt das Seine im erhabnen Geistraum, den Ich meine, zu sich selber unfehlbar, untrüglich und voll Grazie in zärtlichem Zusammenfügen. Da vereint sich alles, was je auseinander driftete, aufs Innigste und Wunderbarste wieder in allem, was sich selbst erkennt als das urewig Seiende, mit wachgewordnen Meisteraugen.

Loyalität ist die Parole, wie das Wesenhafte, das daraus ersteht und das auf allerbeste Weise für sich sorgt, indem es dich mit aller Sorgfalt und Ergebenheit aufs Trefflichste in sich behütet.

So reimt sich die Geschichte allen Seins in Minne und Natürlichkeit, Bewusstheit und Verschwiegenheit zusammen, um alles in sich aufs Entschiedenste nach seinem Naturell und seiner überlegenen Gewandtheit zur Glückseligkeit zu führen.

6.24
Bewegst du dich, vermag sich auch das Geistige in dir famos und fürstlich zu bewegen. Schon in dieser Attitüde fällt dem, was du wirklich Bist, die Rolle zu, Impulse auszugeben, die dem Leiblichen erlauben, tätig und gewandt zu sein in wohlbekömmlichem Rotieren.

Was dein Wille ist, muss immer vom Gedanklichen ins Weltliche spazieren, und das zu konstatieren ist ein wichtiger Erfolg auf deinem Weg zur Selbsterkenntnis deines Wesens. Ständig schliesst das Geistige in dir sich mit dem Erdigen zu einer Einheit von bemerkenswerter Lebenstüchtigkeit zusammen, die tagtäglich den Beweis erbringt, wie alles Sinnliche ins Übersinnliche und Unsichbare transzendiert. Es geht nicht an, das eine von dem anderen zu trennen oder gar dem Materiellen Eigenständigkeit und Denkkraft zuzuschreiben. Ein wahres Weltbild muss auch in der Wissenschaft erstehn, damit der Mensch sich von dem Irrtum über seine Wesenheit erhole.

Wem es gelingt, das Geistige in aller Welt als genuines Sein zu akzeptieren, der hat sein Lebensspiel im Wesentlichen wunderbarerweis gewonnen und kann sich den Gesetzen Meiner Gunst und Kunst getreulich unterziehn. Das spendet Starkmut, Freude und Gelingen und versieht die Welt mit Gottessinn, Gewissheit und Vertrautheit mit dem Ewigen.

Du bist, o Mensch, ein Exponent der göttlichen Natur und darfst dich rühmen, ihr Garant und ihres Seins Gesandter und Gewiefter, Geerdeter und wieder Auferstandener zu sein, in ihr in Herzlichkeit erstrahlendes Bewusstsein und glückseliges Bewahren.

7

Bewusste Ehrenhaftigkeit

7.1

Bist du registriert im Weltensinne, kannst du sicher sein, dass in Meinen zuverlässigen Annalen jede deiner Motivationen, Movimente und Mandate aufs Präziseste verzeichnet sind. Es erwächst daraus die Möglichkeit zur Korrektur bis in die allertiefst verborgenen Nuancen deiner Seinsgeschichte. Denn nur das Vollkommene ist Mir gut genug, um weiterhin Bestand und Grazie des Himmels zu verdienen.

Sieh nun zu, dass du dem Ideal so nahe kommst, dass du es schliesslich Bist in allen seinen Zügen und Errungenschaften, seinem Sich-Bewähren, wie dem vollends In-der-Wirklichkeit-der-Gottheit-Stehn. Das ist dann die Verbindlichkeit des Sternenraums mit dem, was du dir Bist in Mir und damit in der Ebenmässigkeit des Seins. Wahr-haftigkeit erblüht, dezente Wohlgeformtheit aller Dinge im Allhier wie ewige Glückseligkeit in Meinen Runden wie dem Seinsgesunden, das Ich immerzu in Mir bewahre.

7.2

Konsequent und siegessicher folgen Meine Herzgeliebten ihrer aberwilligen Lebensbahn, von nichts betroffen als von dem, was Ich voll Weisheit und Gerechtigkeit an ihre grüne Seite lege. Ich Bin in sie verliebt, genauso wie sie Mich und Meine Geistkraft lieben und so gewähre Ich den Trefflichen das Allerbeste das sich denken lässt für sie.

Behinderungen lass' Ich gelten, weil ihr Überwinden Konsequenz und Bärenstärke schafft im Geistessinne, den Ich aufs Entschiedenste, Wahrhaftigste und Edelmütigste vertrete.

Beginne du vor dem, was Ich dir immerzu bedeute, Achtung und bewusste Ehrenhaftigkeit zu pflegen. Ich Bin dir innig gut und so ist es gegeben, dass du ebenso voll Herzensgüte, Hingegebenheit und Menschlichkeit agierst. Du sollst der erste sein, der sich der Wesenswelt vergibt und Mir zum Zeugen wird für das allgöttliche Vergeben. Finde dich mit mächtigem Erstaunen überall in Mir und lasse deine Kräfte munter und entzückt in Meinen spielen. So rundet sich, was immer sich bewegt, zu einem Ganzen, Seinsvollendeten zusammen, und darin sei du der beglückte, liebestrahlende und sakrosankte Star.

7.3
Empfindsamkeit für reine Tiefe ist, was dich erwartet, wenn du wahrhaft vorwärtsschreitend durch das Leben dich bewegst. Es öffnen sich dir Quellen der Erkenntnis noch und noch, vom Göttlichen gespiesen, um die geistige Potenz in dir zu mehren, die dich fähig macht, Mein Antlitz freudestrahlend wahrzunehmen. Bist du so geworden, teilt sich dir das vordem Unergründliche mit wunderbarer Selbstverständlichkeit und Klarheit mit, dass du wie ein von Blindheit heil Gewordner dastehst vor der neu erstandnen Welt in deinem seinsbewussten Raumgefühl.

Du trittst in einen Zustand des erhabenen Begreifens deiner Situation im hehren Weltgefüge und lässest dich von Mir und Meinem Anhang völlig unbehelligt durch die harschen Lebenszeiten führen.

7.4
Heil im Heilen darfst du dich finden unter Meiner trefflichen Regie. Glanz im Glanze hüllt dich ein im unaussprechlich Reinen, das Ich Mir für alle Zeiten vorbehalten habe. Wendest du dich Meiner immanenten Schöne zu, ist es die Wende; befiehlst du

dich in Meine Hände, herrschen in dir tiefgefasste Seligkeit und Ruh.

Einmal muss es dir gelingen, so souverän und götterlich wie Ich zu sein, eingezogen in die Einheit Meiner Runden; das hält dich tapfer, hält dich rein in unaussprechlichem Gesunden.

Will jemand wissen, was du Bist, so sollst du frei heraus erwidern: "Ich bin der geisterfüllte Christ, von ihm gestählt in allen meinen Gliedern". Dann bist du hier und weisst dich dort in allem Ernst geborgen, nichts Besseres weiss Ich dir dazu väterlich noch zu besorgen.

7.5
Siebenfach versiegelt scheinen die Geheimnisse der göttlichen Natur. Unbegriffen, unantastbar, fern der Sinnkraft sind sie doch das Agens und der Grund der Offenbarung aller Dinge im Allhier. Sprichst du Mich an, so kann Ich dir auch sagen, inniglich, unzimperlich und loyalerweise, wessen Ich Mich zeihe in der Schau, auf was Ich Bin und was die Weisesten der Weisen von Mir meinen. Hältst du Mich für fern, so Bin Ich es. Willst du Mich für nahe halten, trag Ich dir die wunderbarste Nähe an, die sein kann und die *ist*, indem Ich unvermittelt dich und deine Würde Bin als Sein vom Sein und als die Zierde, Qualität und Wirkkraft aller deiner Aktionen.

Hast du begriffen, welchem Urstand, Anstand und Reflektum Ich in dir genüge, ist der Trost vollkommen, den Ich allem Menschlichen gewähr'. Die Schattenwürfe über deinem Haupte sind gelöst, und Meiner vollen Geistessonne Strahlen trifft, was du dir Bist und was Erkenntnis leistet im limpiden Königreich der Seinsbewusstheit, das Ich hiermit vor dir offenlege.

Bist du etwas, bist du *DAS*. Und willst du nichts sein, bleibe so, wie du dich eben fühlen kannst im sinnlichen Geflitter und Gewitter, ruhlos, ruchlos, stolz und brachial.

Verneinung bringt Verluste und Verzagen. Bejahen zeitigt Auferstehen, Seelenreichtum und gehöriges Vollenden dessen, was du Bist in Meinem Schub- und Zugbestimmen und –bewahren. Der Wahrheit Flügel zieh' Ich über deinem Haupte hin und füg dich in der Stille des Beschauens sanft und sachte in die freudenreiche Bahn der siebenfach Verklärten, die als Erhabene im Dienste Meines friedevollen Willens stehn. Salut des Himmels soll dir gelten, Sicherheit des Ewigen Dich-Umstehn und einer Engelsschwinge goldner Schwung soll dich in Meines Paradieses Zelte führen.

7.6
Grosse Liebe, feine Liebe in den Sphären Meiner Zuversicht am Sein und Leben; Meine eignen Werte sind es, die in Wald und Flur und Menschlichkeit zum Tragen kommen. Das Regelrechte und Gottselige in Mir wird laufend dominieren, so wie es auch in dir zum Durchbruch kommt, wenn du nur immer deiner Sache sicher bist und treu in gottergebener Manier. Meidest du den Aufruhr an den Theken, wie die schonungslose Propaganda überall für dies und das, so kann Ich dir den Wohllaut reiner Stille vors Gemüte führen. Immer bist du in Gefahr, um dein Sein betrogen und ins Jenseits aller Geistigkeit gelockt zu werden. Dafür gibt es nur das Wort "fatal", denn ohne das Gewahren Meiner sammetsanften Gegenwart in dir bist du den Himmelshöhn verloren.

So mache dich denn auf, Mein Wort und Meinen Einfluss, Meine Wirklichkeit wie das Gewebe Meiner Huld zu suchen. Und was du findest, wird dein Seelenheil wie deine geistige Potenz in Meiner wesenhaft begründen. Du wirst dich als das Sein in Reinkultur erkennen und darauf gegründet mit dir selbst auf neue Art zurechte kommen. Warst du eben haltlos in der Weltnatur, Bin Ich dir feste Stütze in der überirdischen Verlässlichkeit geworden. Du Bist auf ewig dein -und Mein- und zehrst aufs Allerlieblichste und Wohlbekömmlichste von Meinen götterlichten Gaben.

7.7
Trotzig soll Mir keiner werden, der voll Verve und Vehemenz des Lichts begehrt. Demut im Menschensinne ist vonnöten, um gerade das mit Anmut zu gewinnen, was sich dann als götterherrliche Redoute und Verbindlichkeit erweist zu allerhöchsten Geistesrängen.
   Was im Grunde unverzichtbar ist im Leben, hältst du nun als unvergängliche Trophäe in hocherhobnen Händen und gewinnst in ihr das Merkmal der Unsterblichkeit und Einigkeit mit Mir.

7.8
Im Grossraum, den Ich meine, hat noch alles seine Weise, Weile und Vernünftigkeit, dem Drang und Drall gemäss, die *Ich* ihm unentwegt verleihe. Es ist Mein lichterstrahlendes Bewusstsein, das sich so in Szene setzt im weitgespannten Bogen des allweltlichen Geschehns. Nun gilt es aber, Meine Sache noch bis in die zierlichsten Verästelungen Meines Daseins vollends aufzuklären, demzufolge auch in dir. Es muss ein unablässig Auferwecken sich ereig-

nen in der Menschenmasse, von der erdgeschichtlichen Illusion zur wahren, wachen Geistigkeit, die sich im Sein erlebt in lichterlohen Sphären. Das bedeutet dann Erlösung von dem Rätselhaften, das die Hiesigen auf Trab hält und sie weder ruhn noch rasten lässt in ihrem Sich-erbarmungslos-Vergeben.

Dem öffnen sich die Himmel der Holdseligkeit, der sich dazu ermannt hat, ganz in Meinen hehren Dienst zu treten und künftig als Mein köstlich Angebind dem Sosein sich zu weihen als Geliebter und Gebildeter des Herrn der Welten in allgöttlicher Manier.

7.9
Innigen Kontakt mit Mir zu haben, lohnt sich alleweil, denn was du dabei lernen kannst, ist wesentlich für dich und hochgediegen. Dein Leben plätschert so dahin, von Lust und Unlust, Wachheit und Gedankenlosigkeit geprägt solange, bis du einsiehst, dass es unter Meiner firmen Leitung wesentlich gekonnter und erhabener gerät, als es sich vordem zeigte, denn *Meinem* Einfluss sich ergeben heisst, der Kraft und Gottesweisheit Würdiger zu sein in jeder noch so zweifelhaften Situation.

Du kannst dich wirklich meinen, wenn dein ganzes Dasein sich in Meinem Sinn vollzieht, denn so erfährt es Zuspruch und Gewinn aus einer Fülle des Gestaltens und Erhaltens von unendlichem Bedeuten. Das lässt dich deine Tage freier und beseelter, tatenträchtiger und heiterer durchschreiten, die zudem die Meinen sind im Flug der Zeiten, wie im schicklichen Ins-reine-Sein-Entgleiten, Meiner würdig, geistvoll, lauter, licht und wunderbar.

7.10

Mich selbst erlauschen will Ich in der Herzensstille der Verklärten, die da *sind* und sich dem Wohlklang ihres Wesens wohlgemut ergeben. Das "Ich fühle", das "Ich Bin" ist Mir unendlich liebvoll ins Gemüt geschrieben, was bewirkt, dass Ich Mich Meines Seins und Meiner wahren Grösse frohgemut ersinne und darüber alle Meine Sterne strahlen seh.

Wer kann sich bis ins Allerletzte selbst begreifen, wenn nicht Ich in Meines Eins- und Einigseins bewundernswertem Flor. Wer ist befugt, in götterlichten Stanzen vorzutragen, was er von sich hält: Niemand in Allweiten, wenn Ich's nicht selber für Mich tu'. Dir bleibt damit nichts weiter übrig, als dich in geduldiger Allüre so weit zu veredeln, dass du auf der Lebensbühne Meinem Sinn und Geist gemäss agieren kannst. Willfährig sollst du werden Meiner auserlesnen Diktion, damit, was immer du errichtest, Sagenhaftigkeit erreicht. Der Schmelz der Stunde soll dich über weite Strecken führen und der Ewigkeitsgehalt von dem, was Ich dir so besage, soll dir Zeuge sein von Meiner Macht und Güte, wie von der wunderbaren Selbstverständlichkeit, mit der Ich Mich galant und unbeschwert vor aller Welt in Szene setze.

Bin *Ich* so weit gediehen, muss es auch dir in Mir - und Mir in dir- ein Leichtes sein, genau denselben Status und dieselbe Wirklichkeit begeistert anzunehmen. Was willst du mehr, als diesem Allerhöchsten glühend und vertrauensvoll, hellwach und zielgerichtet nachzujagen? Heisst es doch: Dem Unermüdlichen gehört der Kranz und dem Gerechten die begehrte Binde, die ihm Zutritt schafft zu Meinen Prunkgemächern, wie zu Meinen Festen, die sich im Unendlichen vollziehn.

Das ist Bestimmung, das ist rein und wunderschön und hebt dich auf die Stufe der bewusst und selig, still und licht Gewordenen in Mir.

7.11
Ein und aus gehst du im Reich des Ewigen und bist doch immer mittendrin, nur dass sich dein Bewusstsein ändert, pendelnd zwischen Schlaf und Wachen, hin und her. Das Bemerkenswerte ist dass, was du Wachen nennst, im Sinne des unendlichen Bewusstseins Schlaf bedeutet und dass du in Mir aufwachst, ohne es zu wissen, wenn dein Körper mit geschlossnen Sinnen daliegt durch die Stunden nächt'ger Ruh. Das ist, weil sich so etwas wie ein Neu-geboren-Werden ins Unendliche unzweifelhaft ereignet, als von Mir behutsam arrangiert und von dir geduldig und gewissenhaft ins Wirkliche getragen.

Dieser Weg ist jedem offen, der da will und will das Reich des Göttlichen in Seinsbewusstheit, ewiger Wachheit und Glückseligkeit erreichen. Gewissermassen schuldest du Mir dieses vollbewusste In-die-Zukunft-Schreiten, denn die götterlichte Evolution will das für jedes Wesen, das da *ist* und seinen Kreisen durch Äonen immer neue und bedeutendere beifügt, Mir zu Ehren und nach Meinem Willen und Geschmack und unter hunderttausend Nöten.

Gelingt dir dieser Aufschwung in die Höhen der unendlich geistigen Beschaulichkeit, darfst du dich Avancierter und Entrückter nennen, der seine Lebenslage als gesichert und gesundet übersieht und damit frei ist von jedwelchen schwächlichen Bedenken.

Und siehe: *Ich Bin* so, wie du mit Urgewissheit sein wirst, schon durch manche Generation gezogen, bis ins Jetzt des Auferstehns ins göttliche Gewissen, dem nichts fehlt und das sein Sein in nie verebbender Glückseligkeit und Harmonie, Erhabenheit und Heiterkeit geniesst.

7.12
Zanken mag Ich nicht, einfach aus dem Grunde, weil Ich in allen Wesen, Situationen und Empfindlichkeiten gegen Mich und Meine Einheit anzutreten hätte. Es geschieht Mir namenloses Unrecht in der menschlichen Gesellschaft, die nicht einsieht, was sie tut in den beständigen Querelen.

Was du auf andere beziehst, muss demnach stets die Qualität der Achtung vor dir selber haben, einer höheren Weisheit zugetan. Dasselbe gilt für alle Operationen, welche du im menschlichen Bereich und damit auch in Meinem unternimmst, um deine Lage zu verbessern. Handelst du nach diesem delikaten Wissen, hältst du dich in Minne mit den Andersartigen, damit im süssen Einklang das zur Geltung komme, was *Ich* Bin im Überall der Welt wie dem der Sterne und der strahlenden Unendlichkeiten, deren Geisteszüge Sein sind und Gewissheit für All-Liebe, Schönheit, Kraft und weises, leises Aneinanderfügen.

7.13
Kraftquell reiner Güte Bin Ich dir im Ebenmass der Zeit, damit die Forderungen, die Ich an dich stelle, aufs Schicklichste erfüllt und weltweit ausgetragen werden. Du verschaffst Mir die Gelegenheit, in dir wahrhaftig gross und liebenswert, urwüchsig und galant zu sein im Sinn der Weltenevolution, die Ich gekonnt und ehrenwert betreibe. Nicht von gestern Bin Ich, wenn Mein Wille, eine blitzende Kaskade,

sich im Raum entlädt und faszinierende Gebilde schafft von wunderbarer Anmut und begeisterndem Erblühn. Gesegnet ist Mein makelloses Mich-Verstrahlen voll Verve und schöpferischer Fantasie.

Hab Acht, dass du nicht von Mir weg ins äusserlich Gewordne gleitest. Denn nur innen ist die helle Glut, der Geist der Wahrheit und die schaffende Substanz, die Einheit ist und Wohlverstand, elysische Gewandtheit, Nützlichkeit, bewusstes Tun und seelenvolle Harmonie.

7.14
Ich vertrete, was da kommen mag, mit Nonchalance und gutem Willen, Überlegtheit und bedeutungsvoller Synergie. Was immer sich ereignet, ist schon längst in Meines Willens Wohllaut und Wahrhaftigkeit geschrieben. Wie kann es sein, dass Ich so vieles miteinander dirigiere? Das ist, weil Ich in allem Meines Seins willfähriger Behüter und Gefährte bin, mit liebevoller Eleganz ins Wirkliche gezogen. Alles, was da *ist*, ist demnach Meines Geistes Kapital und kostbar Angebinde, Meines Sinnens Poesie und Meiner Liebenswürdigkeit Idol.

Von Meiner Warte aus geht alles wie am Schnürchen ins erquickende Beleben und gewinnt durch Mich Bedeutung, Wohlgefälligkeit und Stil. Was immer sich in Mühen windet und in langgedehnter Lebenstüchtigkeit erprobt, ist Meiner Vielgestaltigkeit und Meinem unablässigen Erfinden zuzuschreiben. Was sich bewährt, wird sorgsam weiter ins Unendliche getragen, was abfällt fällt bachab in Meiner Gründe Schoss und mengt sich ins vergessene, versunkene Gehaben, will heissen: Das Vergängliche verweht und das Beständige erlangt das Label wahrer Güte und Gediegenheit am Sein und Leben, Wachen, Wirken und Bestehn.

So muss es auch in deinem Renommee und deiner Absicht liegen, Meinem Wort und Sinn gemäss den Bogen deiner Existenz ins Balancierte, Unermessliche zu ziehn.

Es sei, dass du in deines Wesens Wohllaut und Regie ein Förderliches und Begütigendes ausmachst, das Ich Bin und das du in dir Bist und an dem du dich erbauen und erheben kannst in das Beschauen reiner Göttlichkeit, die allem innewohnt und alles *ist* in wunderbarer Selbstverständlichkeit und Zartheit des Gewissens, Friedfertigkeit und namenloser Ruh.

7.15
Womit Ich dich bediene, ist ein Wort der friedenspendenden Vernunft, das in seiner Qualität wie seinem Wohllaut alles haushoch übertrifft, was du vordem vernommen. Es regt dich dazu an, bedeutender und prononcierter, unbekümmerter und ausgeglichener zu werden, denn es handelt von den höchsten Dingen. Wenn du diese kennst, gestatten sie dir, dich über jede mittelmässige Beschränktheit leichthin zu erheben und damit mitten im Getümmel Festigkeit und wunderbare Klarheit darzustellen.

Das ist dir möglich, wenn du ein für alle Mal und unverrückbar weisst, dass Ich, der Herr, voll Verve und Wachheit, Würde und Entschlossenheit in deinem Busen wohne und damit bezeuge, welchen Wert und wie viel überragende Bedeutung Ich gerade deinem Dasein zuerkenne in der Lebenstage Traulichkeit und Tragödie. Immer sollst du Mir ein Beispiel der wahrhaftigen Gottesgüte sein, von der du alles, was du Bist, beziehst und die dich weise macht und wesentlich, wirksam und genial.

Hast du genug in Meinem Sinn gestritten und gelitten, Wohlfahrt degustiert und weltverbindende Aspekte dargelebt, will Ich dir dankbar und bewegt Mein innerstes Geheimnis offenbaren. Es ist, dass Ich in allem, was da pulst und pustet, kämpferisch und rastlos sich gebärdet, reine Ruhe bin des Seins an sich, die von sich nur Erhabenheit, Unsterblichkeit und Wonne weiss in wunderbar gesättigten und liebelichten Zügen.

Was willst du mehr als dieses Tatbestands Vollbringen und, in der Schau, auf was du wirklich Bist, Befreiung von jedwelchen Seelennöten. Dein Verdienst soll dieser Zustand sein, indem du immerzu geduldig übend dein Bewusstsein von dir selber Meinem angleichst, bis es sich zu Meiner Seelenseligkeit, Identität, Wahrhaftigkeit und Wohlfahrt durchgerungen. Du bist Mich und Ich Bin dich in einer sagenhaft beglückenden Synthese, die zu wahrer Menschlichkeit und Menschengöttlichkeit im allweiten Weltenwesen führt.

7.16
Als wohnlich und valabel muss das Jenseits gelten, damit die Sterblichen sich danach sehnen, in ihm eine Episode weiterer Erbauung und Beschauung zu erleben. Und in der Tat: Es trägt sich in der Geistwelt alles zu in überaus bedeutungsvollen und bekömmlichen Bewusstseinsschüben, wobei bekömmlich heisst: entwicklungsträchtig auf die wunderbarste Zukunft hin. Dir öffnen sich die Geistesaugen und du siehst dich selbst als ausserordentlich begabtes und bewegliches Gedankenwesen, das die Summe des Erlebens von Äonen in sich trägt und dem sich sämtliche Gewinste und Verluste von gewaltigen Entwicklungsstufen zeigen. Du schaust in unermessnen Weiten, was du

immer warst, derweil du dich in laufenden Metamorphosen bis zu dem, was du nun Bist, verändertest in deinem denkenden Gefühl. Du spürst des Freiseins überragende Beglückung und erkennst auch seine Tücken und Gefahren, die den geplanten Fortgang der verehrenswerten Evolution behindern und verhindern wollen. Im umfassenden Gewahren, was da *ist*, jedoch erkennst du deine wahre Würde als des Seins Bewusstsein, Sakrosanktum und Genie.

Das Jenseits ist im Wesentlichen nur ein Transzendieren in ein neues Seinsgefühl, an dem du dich auf's Allerschicklichste erlabst und das dir Weg und Ziel zugleich bedeutet. Du begreifst darin die höchsten Dinge im Allhier und darfst dich unter sie gemengt im silberglänzenden Elysium erfühlen. Eine Wonne ohnegleichen trägt dich himmelan und entschädigt dich für alle Müh', die dich zum Sein bekehrte und mit dem beehrte, was du Bist: bewusst, beseligt, allnatürlich, sinngeladen und markant in Mir.

7.17
Respekt erheischt, was in dir geisteskräftig und galant das Zepter führt in Sachen Motivation zum Aufbruch ins Unendliche der Himmelssphären. Du bist nicht der, der du zu sein scheinst in des Lebens schillerndem Juhee. Es zieht sich wie ein roter Faden die Erscheinung durch dein Wesen, die es von dem Stofflichen ins geistige Gewirke transzendiert und damit ins allgöttliche Gehaben. Das kann dich zur Erkenntnis führen, dass sich das Wirkliche im unsichtbaren Geistigen befindet, das das Weltsein aufrecht hält in seinen festgeword'nen Fibern.

Der menschliche Verstand will das nicht glauben und bekennt sich arrogant und unverfroren, unbelehrbar und verstiegen nur zum wissenschaftlichen Beweis, dass alles, was da *ist*, nach seiner Art und Weise abgehandelt werden muss, um als real zu gelten.

Das ist nun recht fatal, denn der Verstand ist ausser Stand, sich selbst in seiner Geistigkeit zu konstatieren. Das vermag nur des Erkennens Kraft und Signatur, und diese sind an Mich als eines Gottes Wahrheit und Wahrhaftigkeit gebunden.

Dein Weltbild ist verschoben allsolange, wie du dich nicht bis ins Innerste erkannt und ausgelotet hast im lebelangen Dich-Vergluten. Es gilt dabei, dich mit dem Sein, das du dir bist, aufs Engste zu verbrüdern und damit den kapitalen Schritt und Wandel zu vollziehen, der dich vom Ignoranten zum Gesandten einer höheren Ägide stilisiert. Du Bist und wirst es noch einmal erleben, dass dein Sein ununterscheidbar und gewiss dem Weltensein gehörig und rentabel ist in allen so subtil gefächerten Bedingungen und Funktionen. Alles, was dich trifft, betrifft zuallererst und immerzu das Geisteswirkliche, das Ich dir Bin im überaus geheimnisvollen Numinosen. Hast du das begriffen, greift dein Sinn vom kleinkarierten Denken bis zur Schau des absoluten Königtums und Seinsbe-wusstseins in den Weltensphären.

Da sind dann Dankbarkeit und blütenreine Seinsgefälligkeit die traulichen Geschwister, die sich in der Andacht vor der seienden Natur, die Ich Mir Bin, beständig überbieten wollen. Liebevolle Pflege des Bewusstseins der Allherrlichkeit ist dir wie Mir geboten und damit wird das Universensein im besten Sinn und in bewundernswert gewordener Glückseligkeit sein lichtdurchschossnes Ziel erreichen.

7.18

Aufgewacht im Numinosen flutet dir beglückende Allherrlichkeit entgegen. Du spürst die Nähe des geliebten Gottesvolkes, dessen selige Gestimmtheit dich voll Wärme liebevoll umschliesst und dir die Güte des Elysiums in wonnevollen Zügen offenbart.

Was dir vordem im weltlichen Getriebe kaum bekannt war, grüsst dich nun in seelenvoller Selbstverständlichkeit als eine götterlicht vergebene Gebärde wahren, wachen Seins, die dich beglückt und mit der Sicherheit des Ewigen begabt im Wunderbaren.

Du siehst dich selbst in deiner Welt mit neuen Augen an und findest dich in ihr getröstet und gereift, erhaben und gesundet wieder. Deine Nöte sind dahin und deiner Plagen Vielgestaltigkeit ist allsogleich verschwunden, wie das Lichte, Weitgedehnte dich umfängt, voll Anmut, Grazie und Harmonie.

Du gewahrst wie dich bezaubernde Gedanken lieb und leis' umschweben und dich in Trautheit und gewinnender Natürlichkeit im Innersten berühren. Da gilt es nun, in freiem Zueinanderfügen alles, was da *ist*, als Ganzes, Gottgesegnetes und Weihevolles anzusehn, denn wo sich Mächtiges zu Minikrimem liebevoll und graziös herniederbeugt, blüht Hoffnung auf und wohlbewusst erbauliches Erleben. Stellst du dich ein auf so viel Güte von des Himmels Wohllaut und Gehaben, fällt es dir nicht ein, nach mehr zu fragen und du verweilst in seligem Beschauen als ein still verklärtes Individuum im Sein und überwältigenden Sinngehalt der Gotteswelten.

7.19
Was gesucht wird, wird gefunden; was du fühlst, wird einst vor deinem Schauen hell und wunderschön erstehn. Es gibt kein Zweites, das dich so beglückt wie das Empfinden des unendlich weiten, silberglänzenden Elysiums, als einem Heer holdseliger Gedankenwesen, die sich im Lichte, das sie sind, voll Zartheit, Traulichkeit und Liebenswürdigkeit umfangen. Ein jedes darf sich haargenau so geben, wie es *ist*, in Lauterkeit und liebevollem Sich-Ergeben. Wahrheit findend, Gottestreue und Geruhsamkeit, verweilen die Gesegneten des Herrn im Ewig-Guten, wunderbar.

7.20
Regenten sind auch Exponenten puren Machtgefühls. Sich selber müssen sie zwar nicht beherrschen können, aber andre umso mehr. Ich seh' in ihnen Kleine, die sich grossgeplustert haben, Unbedeutende, die nach Bedeutung lechzen und sie in *Meinem* Sinne nicht erlangen. Ihre Kräfte sind ein wehes Kräftlein, wenn Ich dagegen Meine Universenkraft bedenke. Ihr Verlangen greift ins Leere im Vergleich mit dem, was Ich im Leeren Mir erschuf. So bleibt Geringes an sich haften, all-solange, bis es sich zu Meiner allgewaltigen Seite kehrt und in ihr Bekehrung findet von der Welten-zeiten lichterlohem Wahn.

Das ist, weil alle deine Träume Meine sind und sich allein in Mir zur Wirklichkeit gestalten. Was du Bist, bist du allein durch Mich geworden; wo immer du dich engagierst, ist Meine Hand im Spiel und führt dich über alle Widerstände und Begrenzungen gesichert und galant ins Grenzenlose Meiner Sphären. Was immer Ich in dir bestimme, stimmt in weltenmännischer Manier und atmet Wohlgemutheit, Tüchtigkeit, ergreifende Glückseligkeit und wunderbaren Frieden.

7.21
Niemand ist so jung wie Ich gewesen, der Ich schon am Anfang war und keine lichte Seele ist betagter als die Meine in des Universums Zündung, Zauber, Licht und Ziel. So ist es auch erklärlich, wenn Ich definiere: Alles ist in Mir, weil alles von Mir ausging und weil das Leben, das da *ist*, nur aus dem Lebendigen kommen kann, das Ich Mir Bin und das in Geistesfülle und Bewusstheit alles schafft und dominiert, bewegt und nährt mit liebevoller Zartheit und unendlich wissendem Empfinden.

Wer moduliert das All, wenn nicht das alles überragende und silberhelle Seinsgewissen, das Ich Bin und das in seinem Wohlverstand und seiner Güte wunderbarerweise demonstriert, was Schöpferfantasie, Beharrlichkeit und holde Seligkeit bewirken können? Dabei verberge Ich Mich vor Mir selber in der Tat, so dass es scheint, als ob das alles, was da sichtbar und begreifbar ist, aus sich selber funktioniert und seine unerhört geschmeidigen und weitgedehnten Weltenkreise zieht.

Bist du ein Wesen, wisse, dass du stets selbander mit Mir deinen Part versiehst in unerhört gewandten und bewundernswerten Massen. Gekonnt agieren kannst du nur, weil Meine Kräfte dir stets unentgeltlich zur Verfügung stehn. Mit Mir verbunden sein heisst, Grösse, Liebenswürdigkeit des Himmels und Vertrautheit mit Mir zu besitzen, die dich fähig machen, ebenso solvent, gewinnend und verbindlich aufzutreten. Das begründet dann dein Heil und deine Wehrkraft, deine siebenfache Überlegenheit wie deine Wonne an der Fülle eines

Lebens in der Einheit mit dem Reichtum und der Grazie der göttlichen Gewähr.

7.22
Wachsam sei, dass dich kein ungebührlicher Gedanke überfalle, um dir die Geistesunschuld zu beflecken, die von Mir ein Zeichen ist und ein natürliches Begaben. Du behütest dir den Anfang der Geschichte, wenn du inne wirst, wie sehr das Sein dich als das Ewige erfüllt und dich seit Äonen fürsorglich und galant begleitet auf der Lebenstour.

Was heisst nun, Meinen Einfluss und Mein gütestrahlendes Profil zu stören in der Tage Wucht und Widerspenstigkeit, verletzenden Gewalt und mannigfachem Zagen? Das ist: kein Vertrauen in Mein Wort und Meine Hilfe generieren, denn das Verstandesmässige allein rafft sich ein unheilvolles Heer von Irrtum und Bedenklichkeit zusammen, sowie es um das Übersinnliche und Geisterfüllte geht. Da muss die Grenze -mutig und ins Unbekannte strebend- überschritten werden, um der wunderbar gediegenen Entfaltung willen, die Ich dir verschaffen will.

Wach' auf, gebiet' Ich dir. Deine gute Stunde hat geschlagen, wo sich dein Bewusstsein Mir entgegen weiten soll, um all das zu erkennen, was dir bisher unzugänglich und verborgen war. Offenbar wird, was du Bist und was Ich Bin, in deinem Dich-Begründen. Die schwere Täuschung wird behoben und das Wirkliche der Geisteswelten öffnet sich vor deiner Seele hochgestimmtem Staunen. In diesem Zustand darfst du dich als Seinsbewusster und Erhabener bezeichnen. Mit beiden Füssen stehst du fest im Erdgetümmel, doch dein Haupt ragt weit hinauf in Meines Reiches sonnenglänzend Strahlen.

Glückselig, wer sich so erfährt, und allerhöchstes Lob für jene Menschen, die sich unentwegt und unbeirrt der wahren Schönheit ihres Seins entgegen tragen.

7.23

Der Mensch, ein wunderlich's Gefährt, von dem man wohl mit Fug und Recht behaupten kann, es könne weder gradaus gehn, weil es sich krasse Fehler dabei leistet, noch auf krummen Wegen, weil es selbst in seinen Fehlern allzu stümperhaft agiert. Woher mag das kommen, heb' Ich in aller Unschuld an, zu fragen? Das ist, weil sein Verstand noch nicht so ausgebildet ist, dass er sich im wahren Sein erkennen mag. Das bewirkte Zuspruch und Rendite, Schlagkraft und Genie von höchster Warte und besiegelte die Einheit seiner selbst mit allen Wesen, die da *sind* auf Erden wie im himmelhohen Geistgebiet.

Wache Klugheit soll dich zu dem führen, was Ich schon immer war und Herzensweisheit soll dich glücklich machen, heiter und salut in Meinen liebevoll gepflegten Gärten.

7.24

Wem verleih' Ich Meine Stimme, wenn nicht dir in deinem pochenden Erwarten der Gottseligkeit auf Meinen Stufen. Gerade du sollst Meine Gegenwart verkünden überall, wo Leben sich erhebt und wo die Treue zu dir selbst Triumphe feiert im erhabnen Universenwerk, das Ich seit eh und je betreibe. Was kann es Auserleseneres und Bedeutenderes geben, als des Herren Sprachrohr, Silbenflüsterer und delikater Bote eines Evangeliums zu sein, das allgemein besticht, ermuntert und die Seelen stählt für das Ertragen des Unendlichen, das in gewaltigem Brausen auf sie zukommt, wenn sie's nur zuinnerst zu erfahren wissen. Das sei gesagt, dass Mein Vor-Dir-Erscheinen zugleich dein Erwachen ist in einer Welt der wunderbaren Harmonie und Ebenmässigkeit, des Glücks und der Vertrautheit mit dem Sein, das Ich Mir Bin und das auch dich umfasst, liebkost und mündig macht vor aller Welten Augen.

Dein In-Mir-Erwachen ist das wesentlichste und erhabenste Ereignis dieser Weltenstunde, das Ich Mir in deinem Universenwinkelchen schlussends voll Lust und Innigkeit vergebe. Wer traut sich schon, so fantasievoll und verschwenderisch, schönfärberisch, gewandt und zärtlich mit sich selber umzugehn? Das kann nur einer sein, der seine fulminanten Stärken, wie die Schwächlichkeiten, aufs Entschiedenste und Klarste kennt, um sie dann überlegt und meisterlich zu pflegen.

Es gibt ein Sprichwort, das da heisst: Du sollst nicht stehlen und vor allem sollst du dich nicht wegbegeben von der Bühne der Allherrlichkeit, auf der du traulich stehst und die von dir verlangt, dich zu bewegen und zu regen und ein mutig Schauspiel abzugeben, dir und Mir zu Ehren, die wir Akteure, Schauer und Beschaute sind im selben gottgeweihten Zuge.

Des Hierseins Fülle ist untrüglich auch ein Zeichen Meiner Huld und Schuld dir gegenüber, denn du kannst ja nichts dafür, dass du nun einmal Bist. Genauso wie es Mir verwehrt ist, nicht zu sein in Meiner Superkraft und Meinen blankgelegten Genialitäten. So muss denn alles seinen unverbrüchlichen und unerhört geschmeidigen Fortgang nehmen nach des Zauberworts Bedeutung: Ich Bin Mir das Perpetuum Mobile als einziges, das *ist* und das sich aus sich selbst bewegt, urewigen

Gestaltens und Verwaltens, Blühens, Welkens und voll Seligkeit und Götterminne, Wohlfahrt, Wonne, Heiterkeit und Geisteslicht In-sich-Bestehn.

7.25
Steig Gedanke auf goldenem Flügel zu Mir, zu Mir, zu Mir! Wie aus der Opferschale hergekommen, dufte du Mir guten Willen, Sanftmut und Gerechtigkeit entgegen. Das gütig Angenommene verwebt sich mit den kosmischen Gedanken und Gefühlen, die allüberall in Meinen holden Diensten stehn. Es fluten hin, es fluten wider die lebendigen Ideen von der Welt im Universensinne und begaben und befördern alles, was da *ist*, mit seelenvoller Selbstverständlichkeit im Wunderbaren.

Das ewig Werdende wallt auf und wallt allgemach erschöpft darnieder. Es ruht und reinigt sich in Mir und sammelt Kräfte für des neuen Frühlings Aufbruch im Sich-froh-und-ungestüm-Erheben.

Wovor Ich warne ist, Erstarrung zu erwirken. Womit Ich Mich beschäftige, kann mit Erlösung ins unendlich Lichte, Liebevolle und Erhabene bezeichnet werden. Das Wunderbare feiert sich als Sein im Sein in unvergleichlich reinen, feinen Regionen. Wach im Geiste, wehrhaft in der Tat soll auch dein Lebensspiel verlaufen, Mir zugewendet, Mir geweiht -und damit aller Welt- in Harmonie, Geselligkeit und wunderbarem Herzensfrieden.

7.26
Mir verwandt sind alle, die auf ihre Herzensstimme hören, denn sie sind der Geistigkeit der Welt entschieden nah. Was sie belebt und was ihr Denken wirklich und geschmeidig, menschenwürdig und gekonnt macht, ist Mein Einfluss und Gebaren,

ohne dessen Grazie sie allesamt verderben und verrotten müssten.

Das Erstaunliche an deinem Zustand ist, dass du so wenig von dir selber weisst und von der Welt so viel, durch die du dich bewegst. Du erforschest zwar so gut wie alles, was dir in die nimmersatten Hände driftet, doch scheiterst du beständig daran, dass dein mustergültiger Verstand nur, was die Sinne sehn, zu hinterfragen weiss und das ist eben nicht sehr viel.

Ich beschaue Mir den Kosmos, im Erkennen wie er *ist,* im geistesabenteuerlichen Sinne und gelange so zum Resultat, dass alles, was du als das Wirkliche betrachtest, totes Strandgut ist, vom unermessnen Geistesmeer als Universenwelt an dich herangetragen. Du schaust und schaust und kannst Mich doch nicht sehn. Das ist, weil deine Wachheit Meiner gegenüber wie ein Fünklein vor der Sonne sich verhält und die Bin Ich in allen himmlisch aufgeladnen Breitengraden. Das macht, dass du in *Meinem* Licht besehn dich völlig anders ausnimmst, als in deinem. So wie Ich dich schaue, ist dein Wesen Geist von Meinem Geiste, Qualität von Meinem Generieren und Geschmeidigkeit von Meinem Ruf und Meinen Gottesgnaden. Was das bedeutet, kannst du nur dir selber sagen, indem du in der Herzensstille Mich in dir erkennst und damit auch in allen deinen Motivationen. Hast du einst begriffen, wie sehr Ich deines Daseins Hüter bin und Merkatorium, kannst du dich in dir selber sicher und beschwingt, beglückt und ausgezeichnet fühlen. Die Lebensdinge nehmen ihren altgewohnten Lauf, doch du rennst ihnen nicht mehr hinterher, sondern führst sie durch dich selber an, vollendet und stabil, aufs Äusserste beweglich und im Geist mit Mir verbunden. Sinnvoll, unvergänglich, delikat und mustergültig bist du als Geschöpf des Himmels -

himmlischer Natur und darfst dich unaufhörlich heiter und aufs Innigste beglückt im Gottesgarten und bezauberndem Elysium erfühlen.

7.27
Dem Unendlichen geweiht ist alles, was da *ist* und sich bewegt und lebt und wallt und wispert durch Äonen mit vertraulichem Gefühl. So gibt es sich, dass die Gestirne lichterloh mit ihren Strahlen zu dir reden, dass die Bewegtheit ihrer Bahnen dir ein Singen ist von wundersamem Klang und überird'scher Schöne. Es rieselt sich das Kosmische behutsam und beglückend in dich ein und erweitert dein Bewusstsein ins Unendliche der Geistessphären. So geschieht's, dass du dich in dir selber eins und einig fühlst mit allem, was da *ist* und mit der Herzlichkeit, in der die Weltenpulse schlagen. Du fühlst dich heimisch, *wo* du bist mit des Erkennens fabelhaftem Leuchten. Was immer sich in dir im Punkt des Körper-Seins vereinte, verströmt sich nun in Weiten der Allherrlichkeit, in deren Wohllaut Ich dich väterlich und mütterlich empfange, seelenvoll und heiter, seinswahrhaftig und aufs Äusserste gediegen.

Ich mach' es wahr, dass du noch heut' bei Mir im Paradiese weilst, aufs Innigste getröstet und geheilt von allen Wunden, die das Weltsein dir geschlagen. Verstummt ist aller Lärm und in der Stille göttlichen Bedenkens schaffst du dir ein Reich voll Sicherheit und Güte, Liebenswürdigkeit und Trautheit mit dem Ewigen, des Fülle und Gerechtigkeit dir alles spendet, wessen du bedarfst, um seinsglückselig und gelöst zu sein, dir selbst bewusst und voller Feingefühl im Wunderbaren.

7.28
Kleiner Mann, was nun, sowie es gilt, dir deine graziöse Grösse zu beweisen? Da fahre Ich bewusst und heiter über Meinen Himmel hin zu dir und schaffe es mit Meinem Nimbus, deine festgefahrnen Formen aufzulösen, um dich seinsbeweglich und adrett, fürsorglich, frisch und dank-bar zu erhalten. Das will Mir nur mit Grossgeduld und weisem Aneinanderfügen, Wachheit und Genie gelingen. Aufmerksam verfolge Ich dein Tun und senke Weisheit in dein schütteres Gehaben.

Rechnest du mit mässigem Gewinn, will Ich ihn dir verdoppelt geben. Nimmt deine Absicht grandiose Züge an, bereite Ich dir eine Seinsdomäne von unendlichem Gewicht und von einer Rarität, die ihresgleichen sucht. Du brauchst sie nur in deinem Inneren zu finden als das A und O, das dir schon immer zugehört und dem du ganz gewiss vertrauen kannst in deiner Unbeholfenheit am Schicksal, das dir angemessen ist von Meinen Gnaden.

Trau, schau, wem! will Ich dir füglich ins Gewissen sagen, doch traust du Mir, verbinde Ich den Aufwall deiner Züge liebevoll und heiter mit dem Meinen, womit du dich als ein Gemachter und Gewiefter in das Ganze Drum und Dran der Welten stellen kannst, ihr Sein zu fördern und zu adeln, wohlbehalten, kraftvoll, seinsgewandt und gutgelaunt in Mir.

7.29
Mein schönstes Lied ist das des Freiseins von jedwelchen Zwängen und Behinderungen, im Bewusstsein Meiner gottgesandten Wundergaben. Offensichtlich ist es Mir gelungen, Mich im Reich der Himmelsgeister dauerhaft und felsenfest zu etablieren. Von ihnen angenommen und in sie hinab-

getäuft zu sein, geht mit dem Seinserkennen Hand in Hand dahin, wie mit der Wohlfahrt überaus gelassnen Zügen.

Der Richtwert Meiner tugendhaften Aktionen ist damit gefunden; Meiner Wege Strahlkraft ist geklärt und die Kontur von Meinem Haupte ist vom hehren Siegeskranz umwunden. Nun ist es Meine Absicht, keine Pläne mehr zu hegen, sondern Meines Seins Kontinuum aufs Allerschicklichste zu pflegen, denn, was sich der Seinsbeglückung hingegeben, ist und bleibt erhaben und bezaubernd schön.

Das also ist das Mass der Dinge, die Ich Mir im Sein geworden bin: genauso ein Relikt aus ururalten Tagen wie ein stetes Neugeborenwerden in die Zukunft Meiner unbescholt'nen Geistkultur. Wahrhaftigkeit und Schöpfer-Feuerglut begleiten Mich am Rande Meines seinsbewussten Raunens; sie begründen, was wie Schlacke aus dem lichten Geistesmeer geschieden, das Kosmisch-Materielle, das Mir untertan und hörig ist, in seiner ganzen allbedeutenden Struktur.

So Bin Ich, was Ich Mir gedankenvoll zurechtgelegt und ausbedungen habe: eine Grosstat Meiner eigenständigen Manier und Meines sinnbegabten Rausches. Ununterbrochen spriessen Werdekeime Meiner selbst ins Geistesall empor und überbieten sich im Wachsen und Gedeihen, liebelicht und schön. Das ist es, was Ich an Mir habe und das hängt würdevoll an Meiner Brüste fulminantem Stoss, aufs Trefflichste genährt und mählich zur vollendet dargestellten Blüte hochgezogen: Sinn und Sein vermählt zur Einheit des Geschehns und zur Erhabenheit des glückerfüllten Weilens.

7.30

„Nur du" wird gesungen, geliebt und gelebt. Und dieses „Du" Bin Ich vor aller Welt, vor allen Völkern, hochgebildeten und schrägen Vögeln, die Ich unablässig im begnadeten Bewusstsein trage. Hinunter und hinauf geht Meine Reise, fassend Mich ins Zeitliche und überlassend Mich dem ewigen Gieriesel wundervoller Seligkeiten, die das götterlichte Sein in Mir betonen.

So weiss Ich Meine Würde himmelan gezogen und in *dem* aufs Trefflichste geborgen, was da *ist* und was mit unerschöpflichem Vollzuge Welten schafft und Wirkungen gebiert von auserlesner Zartheit, wie von einer Heftigkeit, die ihresgleichen sucht allüberall im Weltenweben.

Da gibt es nichts mehr zu erfragen, weil Ich nicht anders kann in Meiner gloriosen Konstitution und Meinem überbordenden und himmelweit gedehnten Wagen. Ein Stürmender Bin Ich im eigens für Mich hergerichteten Revier, ein Sakrosankter, der sich nicht begrenzen und beirren lässt in seinem wohlerwogenen Agieren. Mein Einstand ist der Festigkeit an sich verschrieben und Meine Weitsicht türmt sich himmelhoch hinauf bis zu den Sternenschauern, die sich glückerstrahlend in Mir wiegen.

Dass du in Mir Bist, will Ich besonders hoch betonen, und dass deine Seinsgewissheit Meiner ebenbürtig werde, ist Mein allerdringlichstes Begehren.

Nur in dieser Wende wendest du dich Meiner Hoheit wirklich zu. Sie krönt dein immerwährendes Verlangen nach dem sichern Pol und befördert dich zu Meinen Geistessphären, wo du eminentes Freisein spürst wie des Glückseligseins Rendite, sinngemäss, bezaubernd, liebelicht, wahrhaftig und gediegen.

7.31

Hoffnung auf das Bessere und Wohlbekömmlichere ist aller Welten Herzensmelodie. Ich bade Mich in ihr und spende dazu seinsbarmherzig und gerechterweis' den Wohllaut Meines unermessnen Friedens. Bist du für Feines und Verschwiegenes empfänglich, kannst du Meines Sinnens wunderbares Weistum und Genie in dir vernehmen. Öffnest du dein Herz, berührt dich Meine Sage und verbindet deine Seele mit dem Zauber Meines Reichtums in den liebelichten Himmelssphären. Mag der Anspruch deiner Nöte noch so feurig und bedeutend sein, Ich Bin befähigt, ihn aufs Trefflichste und Wunderbarste einzulösen.

Wozu denn willst du dir noch Sorgen vor die Augen legen, wenn es doch seit jeher Meine allergrösste Sorge ist, dir Meiner Gotteswohlfahrt Züge angedeihn zu lassen. Nichts ist über Mir an Kraft und wundertätigem Gedeihen, an Entschiedenheit und auserlesner Güte für das Weltenwohl. Mir ist es, wie alles, in die Hand gegeben und du kannst gewiss sein, dass Ich Meine Zügel niemals schleifen lasse, denn die Kunst des Lenkens und Versenkens ist in Meinem Sinnen gross.

Es berührt Mich sonderbar, dass noch so viele dem Allhöchsten kein Vertrauen schenken und sich ohne jeden Schutz in allergrösste Fährnis und Verbindlichkeit begeben. Verstrickung in das Niedere ist gar nicht leicht in eigener Regie zu lösen und wenn du dazu Meine Hilfe nicht erflehst, bist du verloren.

Was hat es denn auf sich, dass Meine Güte ständig dich umfangen und befrieden will aus herzlichem Verlangen? Das ist, weil du in aller Form und Farbe, Schicklichkeit, Verwegenheit und Anmut des Gedeihens ganz Mich selber bist in unerhörter Wesensharmonie.

Erkenne dies und du bist ausgenommen von dem Weltenweh; ermanne dich zum Gang in Meine Gründe und du lebst wahrhaftig, ewig, heil und hochgesegnet in der Grazie des Himmels als in Meinem ewigen Allhier.

7.32
Ob Meinem Schützling lass Ich Gnade walten, wenn es darum geht, Vollendetes und Ungereimtes voneinander fern zu halten und das Bessere mit einem Lächeln auszuzeichnen. Lob zieht an, derweil das Tadelnde verletzt und Unmut generiert pikanterweis, wird es vor aller Ohren ausgeprochen. Hast du das begriffen, lässest du's in Meinem Namen künftig sein und erhebst die willigen Gemüter durch deinen friedevollen Ton.

Befürchtungen sind fehl am Platz, wo Ich das Schicksal mitgestalte und auf Trab erhalte, bis die Fahnen allseits auf Erfüllung, Fabelhaftigkeit, Begeisterung und Wohlgehalt am Sein und Leben stehn.

7.33
Die Eleganz im werdenden Vereinen mit Mir selbst bezaubert Mich und lässt Mein Herzblut hoch und höher schlagen. Nicht auszudenken ist, wohin noch alles führen kann in der Entfaltung wunderbar geschmeidiger Talente, wie im Wissen um das Zeitenlose, das die Hoffnung stützt auf das Erreichen einer unerhört beglückenden Vollendung aller Dinge im Allhier. In dieser Perspektive ist es weise, dem Vergangenen nicht nachzutrauern und dem Kommenden vertrauensvoll und heiter zuzuschreiten. Was Mich trägt ist die Gewissheit, dass das allumfassend Geniale Meiner Züge Wirkungen erzeugt, die schlussendlich zur Entspannung und Besänf-

tigung, zur Wohlfahrt aller Geister und zur ewig heitern Seinsbetrachtung führen.

   Diese Ansicht von Mir selbst ist zumal auf das äonenlang Geschaffene bezogen, das da *ist* und sich umflunkert und mit unerhörter Zähigkeit und Vehemenz das All belebt. In Meinem Eigentlichen aber Bin und bleibe Ich des Seins unübertrefflich sagenhafte Ruh, an der Ich Mich wie nichts erlabe. Also darfst du dich in Mir im selben Kontext und Gewahren aufgehoben sehn, indem du dich erkennst als lichterstrahlende Redoute der Allherrlichkeit, von Mir gezeugt und in die Gnadenfülle Meiner selbst voll Seele eingeladen.

Ludwig Weibel
Geboren 1933
Lebt in CH-9200 Gossau/St.Gallen
Studienabschluss als Fernmeldetechniker
Schriftstellerische Berufung zur
"Philosophie des Seins" für vife Geister.
Erstellt elegante Graphiken mit einem
Pendel-Apparat. (Siehe Buchumschlag)
Homepage: www.das-sein.ch